神戸女子大学古典芸能研究センター研究資料集1

神戸女子大学古典芸能研究センター 編

説経稀本集

和泉書院

目次

『つほさかのさうし』　阪口弘之

ドイツ・フランクフルト市立工芸美術館蔵フォーレッチ・コレクションの奈良絵本群について

ベルント・ヨハン・イェッセ

一九二〇年代末から一九三〇年代初めにかけて当時のドイツ大使エルンスト・アウグスト・フォーレッチ博士は東南アジアで蒐集した東亜コレクションと共に関西の古本屋で小さな絵入り写本文庫も買い集めた。フランクフルト市政府が一九五九年、フォーレッチ博士の東亜コレクションを買い取った折、博士が東亜コレクションに付して寄付したのが、マイン川畔に到着したフォーレッチ・コレクションの奈良絵本群である。

その奈良絵本群は日本以外では殆どお目にかかれないような、挿絵を施した作品で、四角の茶または黒の漆器箱に保存されたまま、美術館旧館の最上階の本棚に長い間眠っていた。その当時、そのコレクションを観賞した人々は「夢を見た」ような印象深い経験を記憶していると言う。

美術館を訪れる人々、友の会の人々の楽しみをより一層高めようと、いわゆる「奈良絵本」の挿絵を展示するだけでなく、物語の内容も理解しようという希望が鑑賞者の間で持ち上った。

カタログを作成するに当たって、そのコレクションの膨大な文書数からも、カタログに収める作品の範囲や量を考慮する必要があった。そこで各本の「書き出し」文という、冒頭から最初の挿絵までの簡単な翻刻文で、先ず本物を紹介することにした。ドイツ語のカタログでは、その次に簡単な内容説明（あらすじ）を入れて外国の人々に挿絵の内容を理解しやすいように配慮し、最後の挿絵から末尾までの「結び」文を掲載した。書き出し文と結び文を読みながら、他所の物語と比べたり、同じ系譜の奈良絵本との違いや類似した言葉の使い方等を確認できるようにした。

奈良絵本の形

フォーレッチ・コレクションは、奈良絵巻子本という絵巻物だけではない。挿絵無しの写本もあり、それも草子本である。フォーレッチの草子本には二種類あり、いわゆる「袋綴じ本」と「列帖装本・綴葉装」がそれに当たる。袋綴じ本の中にもまた縦本（四本）と横本（十三本）の二種類がある。残りの八本は（縦型）「列帖装本・綴葉装」（四つ穴綴じ）で、その用紙は上質雁皮紙、三椏などを合わせた紙の両面に墨付けし、薄い紙上の挿絵を糊り付けしている。

奈良絵本の表紙

縦本の列帖装本は奈良絵本の中でも高級本と言える。横本はより古いものである。袋綴じの縦本の歴史をみれば、天正頃の堀池宗叱本の折本謡本群がある。紺地の表紙に金銀泥で植物か謡曲に因んだ絵が描かれ、左肩に赤地金銀泥下絵の題簽が貼られている。縦本だけではなくて、横本奈良絵本の紺地表紙にはよく金銀泥の唐草、植物、海辺などが描かれ、格上の謡本を模倣したようだ（12798 a-c『した物語』参照）。

列帖装本の表紙に錦を使った例はフォーレッチ本の中に比較的多い。錦表紙本は「棚飾り本」と言われたが、12785 a-c『しゅてん童子』、12783 a、b『さかみ川』を「嫁入り本」と呼ぶことは考えられない。

12782（a、b）『「くまの、本地」』の表紙が修理された時に、他の縦本の表紙と交換して使った。12806 a は 12806 b「しんきよく　下」と同じ表紙、題簽（「しんきよく　上」）を持つが、文章、挿絵を調べたところ、内容は「文章草子」であることが分かった。

奈良絵本の分類

フォーレッチ・コレクションを市古貞次博士の六分類によって示すと、以下の通りである。

「公家物」
12791 a、b 『横ふえ 上〔下〕』
12794 a－f 『秋月 第一〔～六〕』
12799 a－c 『太しよくわん 中』
12801 a 『小町 上』
12805 a－c 『今宵少将物語。一名 雨やとり 上〔中・下〕』

「宗教物」
12795 b 『第貳〔釋迦の本地〕』
12800 b 『はうさうひく 下』

「武家物」
12783 a、b 『さかみ川 上〔下〕』
12785 a－c 『しゆてん童子 上〔中・下〕』
12797 a、b 『から糸 上〔下〕』
12798 a－c 『した物語 上〔中・下〕』
12802 b 『しつか 中』
12803 b 『ひてさと物語』
12806 a、b 『しんきよく 上〔下〕』

「庶民物」
12784 a－c 『さよひめ 上〔中・下〕』
12788 a、b 『ひおけ』
12789 a、b 『〔文章草子〕』

12790 a、b 『ふんしやうの上』・『にゐとの御草し』

12792 a−c 『ふんしやう 上（中・下）』

12793 a−c 『〔文章草子〕』

12796 a、b 『文正艸帋 中（下）』

12804 a、b 『〔文章草子〕』

「外国物」

12782（a、b）『〔くまの、本地〕』

12787 a−c 『ほうめうとうし 一（二・三）』

12795 b 『第貳〔釋迦の本地〕』

12800 b 『はうさうひく 下』

（初出：神戸女子大学古典芸能研究センター編『説経─人は神仏に何を託そうとするのか─』和泉書院、二〇一七年）

翻刻篇

本書の翻刻については次のような方針によった。

一　本文はすべて原本どおりとし、原本の面目を保存することに努めた。

二　宛字、誤字、脱字、衍字、仮名遣いの誤り等も原本どおりとした。そのうち、文章の分かりにくいところは（ママ）（ヵ）と注した。

三　異体字、異体のかな等は通行の文字に改めた。

四　反復記号「〱」「ゝ」「ヽ」「ゞ」「々」はそのまま表記した。

五　句切り点のあるものは原本どおりに入れた。便宜上施したものは「、」点として、原本のものと区別した。

六　各丁の表裏の終りの切れ目に、」印を付し、丁数とその表裏を漢数字とオ・ウで示し、（　　）印で囲んだ。

『〔くまの丶本地〕』

ベルント・ヨハン・イエッセ

むかしまかたこくの大わうおはします、御名をはせんけんわうとそ申たてまつる、その御代つきせんさいわう、しゆ〳〵のしゆつほう、むりやうのたからあきみち、とうさいなんほく七里をかいこめ、四はうをくろかねのついちにつきまはし、そのうちにむねをならへて、くらをたて、きん〳〵をもつてちりはめ、たまのいさこ、金のまなこをしき、し丶んてん、せいりやうてんをはしめて、かす〳〵の御てん、たまをみかき、四方にかんもんをあけ」

（一オ）

られける、一まんにんのくけ大しん、あしたに参り、夕に帰り給ふ、誠にことはもつきぬ御ありさまなり

しかれとも、此君に御代をつかせ給ふへきわうし一人もましまさす、后あまた御さある中に、とりわき七人をてうあいなされ、な丶のはかせをめして、ちよくてうありけるは、いつれの后にか王子わたらせ給ふへき、うらなひ申上へきとなり、な丶のはかせ、かしこまつて申上けるは、御后千人すゐまいらせられは（ママ）、其中に一人わうし御たんしやう有へきと、口をそろへうらなひ奉る、」（一ウ）

〔挿絵　第一図〕（二オ）

大わう聞しめし、さらはとて、七みかとのうちより、大臣の姫君をそろへ奉るに、九百九十九人あり、今一人たらせ給はぬを、いろ〳〵せんきありて、中の御かとのうちに、しけたかさいしやうのひめ君、御とし十三に成給ふをむかへ給て、千人にたし給ひぬ、此姫君の御かたち、ようかんひれい、まこ

とにあたりもかゝやくほとの御よそほひ、筆にもをよひかたし、よの后たち
御覧ありて、かやうの人を同し大りにをき給ひては、我らかいせいをとりな
んと覚しめし、みな〳〵ひとつこゝろに」**（二ウ）**
そうもん申させ給ふ、われ〳〵はみな大臣の子なり、かれは公卿の子なれは、
おなし大りにはかなふまし、此事御もちい給はすは、われ〳〵には御いとま
をたふへしとありけれは、大わう聞しめし、これはいはれさる事とは覚しけ
れとも、かれ一人にあまたの后にかへんもいかゝと覚しめし、ちからをよは
せ給はす、そのあひ一里をへたて、せんぢやう松原といふ山のふもとに、大
りをたてさせ給て、御名をごすいてんと名付申、せん女御たち申けるは、か
くて大わう、千人のきさきたちへ、一」**（三オ）**
夜つゝ御かうならせ給ふに、一しゆんは三年三月に一度つゝにあたらせ給ふ、
ごすいてんはけす女御と申ふらし、けにもそのあひへたゝれは、さいしゆん
にもなりけり、すてに六年まて御をとつれもましまさす
されとも、こすいてん、御ひまのつれ〳〵に、十一めんくはんおんを、朝夕
信（しん）し給ひて、ひめもすに夜もすからいはいし給て、くわんおん経を御身に
はなさすあそはし給ふ御ちかいにや、六年と申し神無月に、大わう御心をす
まし覚しめすやう、扨も丸は、后千」**（三ウ）**
人とこそ思ふに、いま一人はいつくに有やらんとせんきなり、あめの大臣そ
うもんし給ふは、是よりにし、せんぢやうの松原と申所に、ごすいてんとて
わたらせ給ふなりと申あけけれは、丸は忘れたりとて、すなはち御幸成てゐ
いらんあれは、御かたち世にすくれ給へは、是程にいみしき人をは、今まて
さひしめ申事よとおほしめし、御契りふかくこそみえ給ひける、大わう、ゐ
いらんましまして、今より、丸をまると思はんものは、ごすいでんをろかに
思ふへからすと仰けれは、大臣も」**（四オ）**
殿上人も、其外すゐ〳〵にいたるまて、あかめおそれたてまつらぬ人こそな
かりけれ」**（四ウ）**

〔挿絵　第二図〕**（五オ）**

其時、こすいてんおほしめすは、このほとは人〳〵にいやしめられつる事も、こゝろの外におほしめししに、これはひとへにくわんおんの御利しやうと、誠にありかたくそ覚しめしける、猶二世のねかひをかなへ給はん御ちかい、又は御きねんのしるしにや、あまさへれいならす、いたはらせ給ふか、わうし御くわいにんとは、夢にもしろしめし給はす、たゝよのつねの御心とおほしめし、大わうも大に御さはきあり、いろ〳〵の御きねんましませとも、そのしるしもみえ給はねは、はかせを」（五ウ）めして、うらなはせ、御らん有けれは、まことにめてたき御くわいにんと申上けれは、御かと、なのめならす覚しめし、月日をかさね給ふに、はや五つきに成給ふ

爰に、こすいてんの下女にめしつかはる、花つむと申はしたもの、女御の御すかたを、物こしにや見奉りて、よにうれしけにそわらひける、女御御覧して、いかに花つむよ、何とて我をみてわらふやと仰けれは、御きちやうのきはへ参りて、ひそかに申けるは、いまたしろしめさすや、大わうさまの御ねかいおほしめすわうし」（六オ）
を御くわいにんの御すかたとおかみまいらせて候へは、これに過たる御よろこひましまさす、をそれなから、われらもうれ敷おはしまして、わらひ奉ると申あけけれは、女御聞しめし、くわいにんとはいかにとの給へは、君さま、いまたしろしめされすや、御くわいにんとは、わうし御さんの御事也と申せは、さやうの事ならは、あいかまへて人にもらすへからす、なんちたのむとおほせありて、御小袖一かさねくたされける、花つむ、御こそてをいたゝき、御まへをまかりたちけるか、下らうのはか」（六ウ）
なきは、しのひにひとり〳〵にかたりける程に、かくれなく聞えける

其折ふし、内裏に御花あそひありけるに、れいのはなつむも参りたり、大うちのはしたものとも、花つむを見つけて、をの〳〵はいつくのものそや、猿（さる）の上洛とは、是かたとへかや、君さまの御花見の所へ参る事、ひんなきことなり、いそき出よとしかりける、大にはらをたて申けるは、誠にな

んちらはしらすや、これはこすいてんの女御さまにめしつかはる丶花つむなり、今こそなんちらか」（七オ）わらふとも、後にはうらやむへし、なんちらしらすや、我か君こすいてんさまは、大わうさまの御ねかいのわうし、御くわいにんなされ、すてにはや五つきにならせ給ふ、御たんしやうましますものならは、をのれらは日かけになすへし、花つむはのちまてさかえ申さん、おかしき事やとてゆいすて丶、かへりける」（七ウ）

〔挿絵　第三図〕（八オ）

扨、花見は過、みな〳〵つほね〳〵に帰りて、わかしう〳〵に、花つむか申せし事をかたりけれは、きさきたちは聞しめし、大におとろき、此事やすからすにおほしめし、みな〳〵なんてんに出給ひ、いと丶さへ大わう、此ころはこすいてんにうちそひましますに、もしもわうし御たんしやうならは、われ〳〵のすまゐいか丶あるへき、何とも申て、さんさう申さん、こすいてんは山ちかき所なれは、いかなるこらうやかんの子をはらみつらん、さなくは、ちふつ」（八ウ）たう坊主の子にてもやあるらん、大わうの御子なりと申、おかしき事かなとて、九百九十九人の人〳〵は、くち〳〵にこそわらはれける、しかりとはいへとも、月日をくる程に御たんしやうもほとあるまし、其時はわれ〳〵はなかあるまし、いさ〳〵物しりたるおんやうをめして、三がいにたなをゆいて、にんきやうをつくりすゑ、ごすいてん、わうしともにいのりころさんとて、しゆ〳〵のあくほうをまつれとも、くわんおんのつきそひましませは、さいなん□」（九オ）なし

かくてはや、七月（つき）に給（なり）ふとて、きさきたちは身もあられす、内義ひちやうとり〳〵なり、こ丶に、ならひの国きうしこくと申に、こしかた四十年の間をさとりたるさうにんあり、かれをよひてとはんとて、南殿（なんてん）ちかくめしあけ、の給ひけるは、女御御くわいにんは、わうし御たんしやうか、又は姫宮か、

すゐはんじやうのわうしか、うらない申せとありけれは、さうにんかしこまつて、うらかたをひらき、はいけんして、や、しはらくありて申やう、この御うらなひ、めてたくわたらせ給ふ、」（九ウ）

殊に左の御手に酒といふもんし、右の御手にはよねといふもんし、右の御かたさきにふもんほんと申もんしあらはれて、御たんしやうわたらせ給ふへし、百年の間、世中よく、三さいの御とし、けんじん出来申へし、七さいにて春宮へうつらせ給ひ、十さいにてたうの王と御合戦なされ、うちかたせ給て、たうと天竺をしたかへ、たなこゝろにきり、誠にひるいなき御代なるへしとそうらなひ奉りけり、きさきたちは聞しめし、むねうちさはき」（十オ）

いよ〳〵やすからすおほしめし、扨いかゝすへきとて、かさねての給ふやう、いかにさう人、もしちよくいにて御うらなひあるならは、さやうのめてたきわうしと申へからす、もつての外のあくわうにて御さ有へし、御手には悪といふじをにぎり、百年のあひた世中あしく、三さいの御とき、父王御ほうきよならせ給ひ、七さいにて、御母にようこもむなしくならせ給ひ、御くらゐにつき給ひ、御命もほとなくたえ給ふへしと申あけよ、さもあらは、なんち一期すくるほと、たからを」（十ウ）

得さすへしと仰せあり、まつときの御よろこひとて、うつくしき小袖一かさねつゝくたされけれは、こそての山のことく也、ぬしは小袖にうつもれてみえさりける、しはらくありて、小袖の中よりむくり出、申けるは、御いわゐさる御事にて候へとも、御くわほういみしきわうしをそしり奉りては、七生したなきものとなり、後生にてはちくしやうたうにをち、なかくうかふ事御さ有まし、給はる御小袖は一期こそ候へ、ひらに御ゆるし候へと、かたくじたい申けれは、きさき」（十一オ）

たちは、御かほの色かはりて、さやうに申さは、九百九十九人として、なんちをのかすましとおもはれたる御けしき、おそろしくみえて、身のけもよたつはかりなり」（十一ウ）

〔挿絵　第四図〕（十二オ）

后たちはくち〳〵めん〳〵に仰せけるは、ひたすらはかせを憑むなり、九百九十九人のものをたすけてくれよ、けに〳〵もちい候はすは、なんち一世のあいた、いきりやうをもちたると思ふへしと仰せけれは、はかせもあんしわつらふはかりなり、はかせ申やう、いかに聞しめせ、此ことは我か心にもまかせかたし、大わうよりめさるゝ程ならは、我一人にてはあるまし、あまたのはかせをめされ、めてたきよしをうらなひ申に、此さうにん一人あしきよしを申ならは、」（十二ウ）ちよくめいもおそろしく思へ共、一せつたしやうのたうりにまかせぬと思ひ定て、りやうしやうをそ申ける

其後、きさきたちの御中に、君の御まへよく、くちのさいかんなる后を十人すくり、こすいてんにさんらいあり、大王にそうし申されけるやうは、抑もこすいてんは、さしも御ねかいのわうしを御くわいにんのよし、いかはかりめてたく覚へ、御悦の御ために参りたりと、そら悦を申けれは、大わうきこしめし、内心をはしろしめされす、御よろこひかきりもなし、十人」（十三オ）きさき御申あるは、とても御よろこに、わうしの御くわほうの程をうらなはせ御らん候へ、さも覚しめされは、此国のならひに、けいほうこくと申国に、こしかた行すゑ八十年をかゝみにかけてしるさうにん御さあり、これをめして、わうしか姫宮か、行すゑの御ゐくわうを御尋候へかしと御申ありけれは、大わうけにもと覚しめし、かのさうにんをめされ、うらなはせ御らんありけれは、やゝ久敷かんかへ申、これはめてたきわうしにて御さ候、さりなから、あくわう」（十三ウ）にてわたらせたまふ、其外あく名（みやう）を二つ三つ申上、后たちのをしへのことく申上けれは、御きしよくを引かへ、かほとにめてたきわうしをうつたへ申事よ、さやうのあくわうこそ、丸かためにはうれしけれ、そうして此大国をは、あくわうならてはたもつへからす、くわほういみしけれはこそ、わうしとは生るらめ、其上、たうの大わうと申も、あくわうと、あけくれかつせんをた

くみ、世の覚へかきりなし、くわほうあらんわうしをなんちそしり、天命あ
やうし、丸には」（十四オ）
たひ〳〵夢のつけあり、いそきなんてんを出よとせんしなり、さうにん、ち
よくめいをそむき、身のをき所なし、しかれとも、わうしのためなれはとて、
からあや千たんくたされ、御もんを出て三町を過すして、うつふしにひさま
つゐてそむなしくなる、まことに天命(めい)まのあたり、きとくなり
扨も、后たち、これにてもいきとをりやますして、又たくみそさま〳〵なり、
あるきさきの仰けるは、たけたかく見めあしき女を、きさききひとりより十人
つゝ」（十四ウ）
そろへなは、九千九百九十九人あるへし、此女とものかみをそらさまへまき
あけ、あかきものにてぬいくゝみ、かほにもあかきものをぬりて、こすいて
んのあたりにて、こゑをおします申へし、此女御の御腹におはしますわうし
は、あくわうなり、生れ給はゝ、父わうの御首をとり給ふへし、是をはしめ
て、四方の山々は風に吹やふられ、御くにのうちこと〴〵くやきはらい、神
も仏もはめつして、こくちう、こらうやかんのすみかとならん、いまた大わ
うの御」（十五オ）
くわほうつきぬにより、けんらう地神のいりかはり、たゝ今是まて参るなり、
わうし生れ給はぬさきに、こすいてんをうしなひ給ふへし、此わうしうしな
い給はすは、おほくの仏、経ろん、聖教(けう)のこりなくはめつせは、今生後生の
あたとなりなんと、九千九百九十余人のこゑにて、おめきさけふならは、か
みはほんてん、下はならくまてもき(こ)ゆへし、さやうならは、大わうもおとろ
き給ふへしと申されけれは、をの〳〵しかるへしとて、たくみのことく、女
共をあつめて、おめかせけれは、」（十五ウ）

〔挿絵　第五図〕（十六オ）

あんのことく大わう聞しめし、さても丸はわうしにえんなき事やとおほしめ
し、御なみたをなかさせ給ふ、さりなから、大りのほとりにて、かゝる事を
申ことは、しんりよなれはとて、いかゝ有へき、いそきのくへしとせんしあ

りけれは、十せんのおほせを九せんの神として、いかゝそむくへしとて、みな〳〵ちりうせぬ

其後、大臣くきやうあつまり給て、御さんもちかくわたらせ給ふに、かくておはします事、昔もそのれいまさす、そうして此御くわいにんと申事は、五つきになり候へは、」（十六ウ）

御けかれとて、ひとつゆかの御すまゐなし、すてにはや七つきにあたらせ給ひ候に、今に御一所の御あひちやくいかゝと、をの〳〵そうし申されけれは、大わう聞しめし、みな〳〵の申ことく、そのれいなし、さりなから、とてもにこるつゐてなれは、こよひはかりの御名こりおしむへしとて、いにしへ今の御名残をかたり給ひ、かきくとき、御なこりをおしませ給ふ、大臣公卿ともあつまり給ひ、此しさいをうけたまはり、さても御あさましきうき世かなと申あへり、大王」（十七オ）

御名残は数〳〵おほけれとも、さりとては、丸か心にもまかせすとて、なく〳〵出させ給ふ

こすいてんはむなしき御ゆかにふし給ひ、つく〳〵御歎(なげき)かきりなし、まことに此日ころは一しゆんの間をさへなけきしに、今ははやこれをかきりの事なれは、一しほ御泪せきあへす、さても、のこるきさきたちは、あつはれたはかりすましたる事かなとて、めひきよろこひ給ひける

其後、大わう、大臣をめされ、誠にふひんなる事なれとも、我心にもまかせぬ事なり」（十七ウ）

とて、ごすいてんへ行幸ならす、后たちはものゝふをめし出して申させ給ふやう、いかにものゝふともうけたまはれ、ごすいてん、わうしくわいにんましませとも、此子あくわうにてましますあひた、御たんしやうなきさきに、母もろともにうしなひ奉るへしとのせんしなり、さあらは、この国にては大りちかし、これより北七日路行て、きんしこくといふくにあり、ちくせんのなか山ほくせきか岩やにて、御くひをはねて参らせ上よとのせんしなりとて、御りんしをたまはる、ものゝふともは」（十八オ）

かしこまりうけ給はつて、せんしの御しよをもち、ごすいてんの御まへちかく参り、右のおもむきよみあけまいらせける、其時、かすの女はうたち、下々はしたものにいたるまて、あらけなきもの丶ふを見て、こと〳〵くにけうせぬ、されとも、女御はすこしもたちさはき給はす、事のよし聞しめし、ふししつみ給ひけれとも、もの丶ふとも心なけに申ける、や丶有て、ごすいてんの給ふやう、まことに女のたのむましきものはおつとの心なり、むかしよりのたとへにも、なんしの心一夜にかはると申事、いまこそ」(十八ウ)思ひしられたれ、すこしの間にかはる御こ丶ろかな、今朝(けさ)まて後(のち)の世の事まて御契りうけ給はりしに、扨も〳〵かはりたる御心かな、たとひ悪わうを身にもちたりとも、母の命うしなはせ給ふへきにあらす、何のいんくわのむくひそや、しする命はおしからねとも、後、たれやのものか、よみちをとふへき、かなしさよ、今朝(けさ)まては我身ときめき、人の覚へ世にすくれたる身の、今はくひを給はらんとのせんし、返々もうらめしけれ、か丶るときには情をかくる人もなしと、こしかた」(十九オ)行すゑの事まて覚しめし、御なみたせきあへ給はす、すてに時刻(しこく)もうつりけれは、もの丶ふ共申けるは、何とてをそく御出候そとて、大ゆかまてのほりけれは、女御申給ふは、いかにせんしなれはとて、大わうのおはしましつる大ゆかの上まて参るこそひんなけれ、もの丶ふこ丶ろなきかと仰せけれは、けにもと思ひておりにけり、はや〳〵御いそき候へとせめ申せは、御なみたのひまより、かくはかり、

あはれをもつらきもしらぬもの丶ふの　手にか丶る身はかなしかりけり

かやうにあそはし、いと丶御心ほそく覚しめす、」(十九ウ)

〔挿絵　第六図〕(二十オ)

心なきもの丶ふも御いたはしくは思ひなから、ちよくめいなれは、ちからなし、はや〳〵御出候へ、御首(くひ)を給はらんとの丶しりけれは、此うへはいかてか今ははちかましからむと覚しめし、人めもは丶からす、御さいごの御こしらへ、誠に思召しきりたる御ありさまなり、日ころすみ馴(なれ)させ給ふ御所を立

出給ふ
比は五(さ)月の暮つかたなれは、常(つね)に手馴し御まくらひやうふにかくなん、

　郭公きくはかりにて知らさりし　しての山路をいそきもそする

とあそはし、御すみかを御出あるに、めしたるかんさしのみすにかゝり」
(二十ウ)
けれは、いと、御こゝろにかゝり給ふ、日ころはいかゝととひ給ふ人も、我
世にありしほとなり、今はものゝふとものゝ手にわたり、又帰るへきみちなら
ねは、こととふ人もなかりけりと覚しめして、又かくなん、

　年月はよ所にかけこし玉水の　いつのちきりにわれをとふらふ

かやうにあそはし、かんさしをつねの所にかけをき、しろき御小袖に花やま
ふきのねりかさねに、くれなゐの御はかまふみくゝみ、みなすいしやうのし
ゆを御手にまとひ、御とし十九にて、しつの出ともに」(二十一オ)
みえ給ふ、まことに御かたち御ありさま、あたりもかゝやくはかりにうつく
しく、目もあてらす(ママ)、この世の御人とも覚えす、きもをけし、一しほ御いた
はしくそ思ひける、おもひてもかなはぬ御事なれは、まことにうつくしきか
いてのやうなる御手を引たて申けり、それより七日路におもむきけり
ならはぬたひの御いたはしさ、生れ給ひてよりこのかた、つちをふみましま
さねは、御あしよりちのなかるゝ事かきりなし、すそはくれなゐ、袖は涙に
そめかへり、御あしいたさのまゝに草木にとりつき」(二十一ウ)
給へは、御手はいはらからたちにて、こうようのことし、ものゝふとももも心
ありて、これ程あはれなる御事はよもあらし、けにうき世にすましきものは
みやつかい、君につかへ申さすは、かやうのうきめにもあはし、此首たま
はり、王宮へかへりなは、いつかたへもうせなん、又もかゝるうきめをや見
んすらんとて、歎(なげき)かなしむ事かきりなし
いたはしや女御、いまははや御心もつきはて、一あしもあゆませ給はす、い
かにものゝふともよ、みつからかくひはいつくにてとりてもおなし事、とて
もみしかき命に、かやうに」(二十二オ)

くをあたえんことよ、又もの、ふもはる〳〵の所へゆかんより、これにて首をとりてくれよとの給へとも、さすかにちよくめいなれはかなはす、あまりの御いたはしさに、まきの馬をとらへて、らてんのくらをゝきて、女御をのせまいらせて後、やまへやう〳〵わけ入ける」（二十二ウ）

〔挿絵　第七図〕（二十三オ）

扨も、ほくせきか谷まては、馬の通ひなけれは、馬よりおろし、むまもこゝろありけるか、きさきのあゆませ給ふをはる〳〵見送り申、きなるなみたをなかし、七こゑ迄いなゝきける、心つよきものゝふと申せとも、なけきかなしひけり、后（きさき）も御覧して、やさしの馬（むま）や、ちくしやうの目にも物のあはれは見ゆるか、けにや馬はばとうくわんおんのけしんなれは、みつからをあはれむかや、中にも大慈（じ）大ひのくわんせおんは、三十三しんの御ちかいに、いかてかみつからをもりさせ給ふへき、とかなき身なれ共」（二十三ウ）わうしをやとし申たるゆへに、かやうにくを見せたまふ、こんしやうこそかくつたなくとも、来世（らいせ）にてはくわんおんのしやうとにむかへたまへ、ことに我たいないにやとり給ふわうしは、くわんよりたまはりたる事なれは、身つからこそかくなるとも、王子をは御まもり候へと、しやうある人に申やうに、御ほそんにかたり給ふ、ものゝふ申やう、いたはしくおもひ奉れとも、いつまて御入候ても、かなふへきみちならねはとて、御手をそらさまに引あけ、くし奉れは、まことにたへなる御こゑにて、」（二十四オ）

あらいたや、たへかたや、いかなるつみのむくひにて、かゝるうきめを見る事よ、せうねつ大せうねつのほのほ、くれん大くれんのこくそつのせめ、無（む）間（けん）のそこにしつむさいにんもかくやと思ひしられたり、月しろく日のひかりかゝやくといへとも、をつる泪にかきくれて、行さきさらに見えわかす、されとも、いそくみちなれは、かのやまにつき給ふ

東さいなんぼくさためかたし、みねにせめのほせ奉る事、ひとへにちこくのあはうらせつもかくやとおほしける、岩のうへにのほせ申、いまは」（二十四ウ）

はや御さいこなり、おほしめす御事あらは申させ給へ、いつかたへなりとも
申へしと申せは、これほとのありさまに成はて、何のめんほくにことつて申
へき、中〳〵人のきゝをよはん事こそはつかしけれ、いつくをにしとはしら
ねとも、手を合せ、念仏申給へは、ものゝふつるきをぬき、なく〳〵御うし
ろへまはり、御首へつるきをなけかけ申せは、ふしきや少もきれ給はす、も
のゝふともふしきに思ひ奉り、さらは、弓にていころし申せとて、やをはめ、
いけ(ママ)けれとも、つるきれ、矢おれて、」（二十五オ）
ものゝふの眼くれて、手もともみえす、其時、女御おほせけるは、いかにな
んちら、たしかにうけたまはれ、我くひはきるとも、いるともかなふまし、
なんちらはいやしきものゝふなり、我かたい内にはかたしけなくも十せんの
君のこもらせたまふ、世はまつせになるといふとも、月日いまた地にをち給
はす、たとひ仏神三ほうのげんしてましますとも、此わうし御たんしやうな
くは、身つからにつるきはたつましとおほせけれは、」（二十五ウ）

〔挿絵　第八図〕（二十六オ）

ものゝふ申けるは、さては、このことをみやこへそうもん申あけんやいかゝ
と申けれは、」（二十六ウ）
しんりんはるかなる所に帰りてもせんなし、又、こゝにて命のかるゝとても、
なかく此世にあるへきにもあらす、いつれとてもをくれさきたつならひなれ
は、いかにもしてわうし御たんしやうあるやうにとおほしめし、たいないの
君にの給ふやう、いかにきみ聞しめせ、いやしきものゝ子さへ、五つきにな
れは、みゝはきくよしうけ給はる、ましてや十せんの君そかし、ことに七つ
きに成給へは、みつから申事をよく〳〵きゝ給ひて、たゝいま生れさせ給ひ
て、御」（二十七オ）
はゝのいきすかたを御覧し、又、みつからもきみを見たてまつり、心やすく
しゝ候はんとて、南無きみやうちやうらいてんしゆ、ちかひこと〳〵く仏神
三しんゐんま大わう、心をあはせ、なふしゆをたれ給ひ、たゝ今さんのひも
をとかせてたひ給へと、御はらをなてさせ給へは、まことに天もなふしゆま

しまし、仏神（ふつしん）も御かこやありけん、すなはち御さんならせ給ひ、四方にひかりかゝやき、いきやうくんし、心にをよはぬ程のわうしにてそおはしけるきさき、わうしの御かほをつく〳〵と御らんし、」（二十七ウ）

〔挿絵　第九図〕（二十八オ）

扨も、此うつくしき君を、あくわうと名つけ給ふきさきたちのくちのおそろしさよ、かほとにたへなるわうしに一日もそはすして、しせん命のかなしさよ、さんやのけたもの、かうかのうろくつにいたるまて、いつれか子をかなしまさらんや、人間と生をうけて、なとか子をおもはさらんとかきくときの給へは、心なきものゝふとも、たもとをそしほりける

さりとはおもへとも、日数もかさなり申せは、ちよくめいもいかゝ候へき、とてもそい給ふましき物ゆへに、おほしめしきらせ給へ、さりなから、あまりわうしに」（二十八ウ）

御名残をおしけなる御ありさま、いたはしく候まゝ、一日の御いとまをまいらせ候、よく〳〵御名こりをおしませ給へと申せは、御よろこひかきりなし、さても我むなしくなるならは、たれをかたよりにて御そたち給ふへきと、御かほをさしあてゝ、こゑもおしますなき給ふ、わうしは何の御心もしろしめされねとも、御ちふさをはなし、なき給ふ、ものゝふ心ありけに、たにへくたり、水をむすひ、御うふゆと名付奉り、参らせ上る

いたはしや、此君御世にましまさは、いかにとして水」（二十九オ）にて御身をきよめ給はんとて、わうしを御ひさにすゑをき申され、御かほをつく〳〵と御らんし、扨も父大王の御おもふりにたかはせ給はす、よの御腹（はら）にもやとらせ給ふならは、玉のうてなのうへにて生れ給ふへきに、つたなきみつからか腹にやとり給ふことの御いたはしさよ、せんこくの山のおくにて、木の葉をむすひ生れ給ふ事よ、父大王を御うらみおはしませ、さりなから、父をよく〳〵御しり候へ、是より南、まかたこくの御ぬし大わう也、又、みつからか父は中の御かとの御」（二十九ウ）

内しけ高（たか）さいしやうの姫なり、十三のとしより、大りにめしよせられ、十九

にて君をやとし候へは、あまたの后たちに御子一人もましまさぬ（に）より、身つからをそねみにくみ、御身をあくわうのよし、大王にうつたへ申、か丶るこらうやかんのすみかへなかされ、あまさへ命をとられまいらする、みつからは御身ゆへにむなしく成まいらするなり、おさなくとも、此事をよく〳〵御聞いれ給ひて、その御こ丶ろえをなし給へ、さりなから、みつから世にありし時よりも、此御ほそんをたのみ奉る、御身をやとし申」（三十オ）

ことも、ひとへに此ほそんの御ちかひなり、御身もこの御本尊を御たのみ候て、こけをふすまとなし、こらうやかんをもりめのと丶おほしめし、てうるいちくるいをはともとして、そたち給ふへし、さもあらは、くわんおんの御ちかひにて、まかたこくのあるしと御なり候へし、みつからかむなしき（ち）ふさをはなさす参り給ふへし、又、これより東にりやうぜんしと申山寺にちけん上人と申は、みつからかまさしきあに丶て候へは、びんなけれとも、君の御ためにはまさしき御おちにておはします、三さいの」（三十ウ）

御とし、かならすこの聖（ひしり）にあひ給ふへきずいさうあり、七さいにて、父大わうに見参（けんさん）あるへし、御行ゑの御くわほうはうたかひなし、其時は身つからか後世をよく〳〵とふらひてたひ候へ、身つから御かたみには、此くわんおんを御らん候へとて、わうしの御くひすちにかけ給ふ、そうして、此御ほそんは、御名を十一めんくわんおんと申奉る、御くしを十二の御かたちなり、我にしん〳〵をなさんものをは、御くしの上にて一ときつ丶、十二時をばんにかはり、まほらんとの御ちかひなれは、いかてかわうしをすて給ふへき、よく〳〵まほり」（三十一オ）

ましませとて、たけとひとしき御くしをおしきり、五つにわけ、一をは此山のさんしんへ参らする、此みなし子をよく〳〵御まほり候へ、かりそめなから御うちこともたのみ参らする、一は氏神（うち）、一はゑんまわうへ、みつからを九ほんのしやうとへむかへとり給へ、のこりをわうしの御身にかけ給ひ、雨露をしのきおはしませとて、御つふりの上にをき給ふ、ねかはくはくわんおんの御ちかひにて、あつからん夏の日にはす丶しき風をふかせ、さむからん冬の夜は衣ともなし給へとて、左の御手にてちふさをふくめ、右の」（三十一ウ）御手にて岩のかとをおさへて、いまこそさいごなれとて、いつくはしらねとも、南無さいはうこくらくせかいのけうしゆ、しやか如来、阿みた仏、すくにいんたうし給へ、南無阿みたふつと、たからかに十へんはかり申させ給ひて、はやとくとくとおほせけれは、ものゝふ、つるきをぬいて、御うしろへまはると見れは、御くひはまへにをちにけり」（三十二オ）

〔挿絵　第十図〕（三十二ウ）

まことに花のやうなる御すかたをあしたのつゆとなし申、たけきものゝふどもと申せとも、涙にむせひ、はうかくをうしなひてなきゐたり、都にてあまたの人をちうし申せとも、かやうにいたはしき事あらし、心あらんものは君につかへ申ましきものなりとて、なく〳〵御首をとりあけ、若君はわれらか手にかけ申さすとも、こらうやかんかふくすへしとて、ものゝふともは都に帰りにける

これは五すいてんの御さいごの御物かたり、さてもふしきや、こすいてんの御むくろいき」（三十三オ）たる人のことくに、わうしをいたき、ちふさをふくめましましける、こんはめいとへゆかせ給へとも、はくは此世にとまり給ふ、ふしきやな、むなしき御すかたより一しゆの哥にかくはかり、

　みなし子のすみける山のたつた姫　あらくも秋の木の葉ちらすな

かやうにあそはしけるゆへにか、三とせの間は、あらしはけ敷もふかす、つめたきしもゆきも、かへりてあたゝかなり、ゑんてんの夜はすゝしく、誠にしよ天もなふしゆなさせ給ふ事、ありかたき事なり

其後、とら、おゝかめ、」（三十三ウ）やかん、万のけだ物きたり、わうしを見つけ、ぶくはせすして、かへりてなくさめ申、さりなから、しゝたるものはわれらかゐしきなれは、すこし給はらんといふ、わうし聞しめし、おもひもよらぬ事、此しゝむらはかたしけな

くも十せんの君なり、ことに十一めんくわんおんましまして、夜るひる十二時の御はんをあそはし給ふ、しかいのちふさふくみましますわうしなり、けふよりしてなんちらもまもるへしとの給へは、ちくしやうとも、こゝろありけるか、御まへをたちさりぬ、それよりして、この」(三十四オ)山中にすむよろつのけたもの、うじやう、いるいきやう(ママ)のものあつまりて、わうしをかしつきたてまつる」(三十四ウ)

〔挿絵　第十一図〕(三十五オ)

かくて三さいの御時、ちけん上人のすみ給ふ御さしきのはしらにむしくいあり、よみてみ給へは、

　此山にみなし子すつるたつた姫　みねのあらしもあはれとも見よ

上人御らんして、ふしきにそ覚しめし、とうしゆくあまたともない、中山へわけ入、御らんすれは、とら、おふかめ、人かけをみてにけさりぬ、立より御らんしけれは、三さいはかりのおさあひ人を、こらうやかん、とら、おほかみ、ともなひあそひゐたりしか、ひしりを見まいらせて、みな〳〵にけさりぬ、わうしは」(三十五ウ)御覧して、なんちらは、われをすてゝ、いつくへゆくそとて、したはせ給ふ、ひしり御らんして、いかに是なるおさあいは人とみえつるか、こらうやかん、とら、おほかみ、おそろしきものとともなひけるふしきさよ、そもいかなるものそとゝい給へは、わうしたちとまり給ひ、おさなき人の御こゝろに母の御ゆいこんをわすれ給はす、御身はちけん上人にてましますか、わか母はごすいてんの女御と申人なり、此山にて我をうみ、むなしく成給ふ、十一めんくわんおんの御まほりにてふしきに命なか」(三十六オ)らへ、こらうやかんにともなはれ候とおほせけれは、上人聞しめし、よ所事のやうに思ひしに、さては御身は大わうの御子にてましますか、御母うへの御しかいはいつくにましますとありけれは、かたはらへ上人を御ともない、母うへの御しかいをそをしへたまふ、上人御らんし、うたかいもなきわかいもうとにておはしますとて、御なみたせきあへす、さてもふしきや、三とせ

になるに、御けしきもかはらす、御ちふさをふくし給ふとみえたりとて、御らくるひはかきりなし、扨、上人わうしの御手をとり、ひ」（三十六ウ）さのうへにいたき給ひ、御かほをなて給ひ、さてもいたはしや、三とせか間、此山にすませ給ふことよ、ひんなき申事にて候へとも、御母女御はこのひしりかいもうとにておはします、御身は我らかためにはおいにて御さあるなり、いさゝせ給へとて、やかて玉の御こしをとりよせ給て、ごすいてんの御しかいをのせ申、わうしをはとうしゆくにいたかせ申、御寺にかへり給ひ、一間所に女御をうつしまいらせ、夜に入て、せんたんのたきゝにつみこめ申、むしやうのけふりをあけ、上人かくはかり」（三十七オ）

世中にさかへさかふる人もみな　けふりとなれはきえてのこらす

かやうにあそはし、御こつをひろい、後世をとふらひまいらせらるゝ、さて、わうしをは御寺にてそたてまいらせ、かくもんあそはしけれは、誠に御ちえかしこくまし〳〵て、一字を千字にさとり、てんたい六十くわん、くしや、ふんすい、はんにや、法花、ねはん、こと〳〵くいつれの道もくらからす、五の御とし、児かくしやうの御名をとり給ひて、ならふ人もましまさす、上人御よろこひかきりなし、さるほとに、七さいの御とし、父大わう御なう」（三十七ウ）しきりなり、さま〳〵の御いのり、たいゐあつまり、いろ〳〵の御薬にてもかなはす、大臣公卿（くぎやう）あつまり給て、いかゝせんと御さはきかきりなし、かゝりけるところに、しゝんてんの上に、とり一とひきたり、さえつりけるやう、これよりひかしれうせんといふ寺（てら）に、ちけん上人とて、たつときひじりあり、御弟子に七さいに成給ふ児（ちご）かくしやうあり、これをめして御なうをいのらせ給へとさえつりける」（三十八オ）

〔挿絵　第十二図〕（三十八ウ）

しよ大臣、此よしを聞しめし、これはふしきの事かな、これ鳥のさえつりにあらす、諸神諸仏（しよしんしよぶつ）の御ちかひなるへし、いそきこしをむかひにまいらせ、上人にかくと申せは、ちけんひしり、かしまつて（マヽ）候とて、すなはち御てしをまいらせあくる、やかて大りに御うつりましまして、御らんすれは、大臣公卿（たいしんくきやう）殿上人数人のきさきたち、花をかさりたることくにて、御いのりをまち給ふ、御弟子此よし御らんして、母女御のましまさは、かくこそあらんにと覚しめして、しのひの御なみたせきあへす、かくて」（三十九オ）御いのりにしゆ〳〵のほうへん、しやうごんの御きたうかきりなし、けにありかたや、わうじかくしやうの御きたうかないましまして、一七日のうちに御ほんふくなり、」（三十九ウ）

〔挿絵　第十三図〕（四十オ）

人々上下はんみんこと〳〵く、扨もめてたき御いのりかなとて、一度にとつとよろこひたまふ、大わうきよかんにおほしめし、児（ちこ）かくしやうをないてんにめし、うれしきかなや、なんちかやうにたちところにをひてへいゆふする事、ひとへになんちきねんのゆへなり、此うへ、御ふせの事、たからの山をつみてもおしからす、さりなから、なんち身にをひてなにゝても所望あらは、かなふへしとちよくげんましませは、児がくしやうはうけ給はり、われらか所望に七ちんまんほうもほし」（四十ウ）からず、一とせちくせん中山にてがいし給ふ五すいてん女御の御かうべを給はり候へと申されけれは、大わうふしんに覚しめし、御ないでんへまちかくめされ、ことのしさいを御たつねありけれは、がくしやうは聞しめし、はしめよりおはりにいたるまでの事、こまかにかたり給ふ、大王大におとろき、御よろこひかきりなく、大臣公卿殿上人こと〳〵く、此よしおほせけれは、公卿大臣はうけ給はり、これはめてたき御事かな、よろこびによろこひをかさねたるとは、かやうの御事なり、」（四十一オ）御なうなをらせ給ふをありかたく存候に、わうしをおかみ申事よとて、しよ人よろこひはかきりなし、さても、数（す）人のきさきたち、此よしをきくよりも大（に）おとろき、かたはらにあつまり、さて、いかゝはあるへき、此わうしましまして、御代をうけとり給はゝ、われ〳〵身のをき所あるましとて、かなしひ給ふ事かきりなし、さて、大王はわうしの御かほをつくつくと御らんして、

まことにせんだんは二葉よりかうばしとは、よくこそつたへたれ、丸かふせ
ひにすこしもちかはす、」（四十一ウ）
又、よくみれは、五すいてんにもにたりとて、一入御なつかしき御心地して、
仰けるは、いかに御身よく〳〵御きゝ候へ、御母女御の事、丸かしはさにて
ゆめ〳〵なし、いかに丸をうらみと思ひ給ふらん、九百九十九人の后たちの
わざなり、此うへは何と成とも御はからひ候へとの給ひて、御かほの色もか
はりけれは、わうしは聞しめし、さやうの御事はゆめ〳〵有へからす、あま
たの后うしなひ申てあれはとて、今更母うへの御かへり有へからす、たゝ
は、うへの御かうへを一め見まいらせ、あとをもとふらひ」（四十二オ）
申さんとおほせられけれは、大わうきこしめして、丸はありところしらすと
ありけれは、」（四十二ウ）

〔挿絵　第十四図〕（四十三オ）

さては后たちの中にあるらんと、御たつね候へは、しはしはしらぬよしちん
じられけれとも、わうしの御まへおそろしさに、ちからなく、こすいてんの
御くひを馬やのふみいたの下よりとりいたし、まいらせらる、わうしとりあ
け給ひ、かほにあて、御むねにあて、りうていこかれ給ひけり
其後、大わう、御くらゐをゆつり参らせんとの給へは、しんか大臣あつまり
給ひ、これはもつともめてたき御事なり、いそきわうし御代にすはらせ給へ
とをの〳〵申あけけれは、わうし聞しめし、ゆめ〳〵」（四十三ウ）
のそみなし、かゝる物うき国、おそろしく思召し、御かうへを御袖にいれ給
て、りやうせんへ御帰りなされて、上人に見せ申給へは、扨も、今まてかは
らぬ御かほはせ、仏神の御はからひがんせんにあらはれましますとて、御せ
うかうをなされ、いろ〳〵の御とふらひにて、御かうへをどさうにしたてま
つり、上人もろともにとふらひ給へは、其夜の御夢に、うれしき御とふらひ
により、なかくりんゑをはなれ、九ほんれんたいにのほり、成仏とくたう
すると見え給ふ
さて、わうしの給ふやう、いかに上人」（四十四オ）

聞しめせ、此国は人の心もおそろしけれは、すみかたし、これよりはるかひかしにあたりて国あり、其名を日本じちいきといふ、此くには神国なるにより、人の心もじひなるときく、さてこそ、大和こくと申なり、扨、もんしにも、おほきにやはらくくになれは、此国へわたり、ざせしめ、一さいの衆（しゅ）生（しやう）をすくはんと仰せけれは、上人此よしを大わうへそうし申されけれは、大王聞しめし、丸もさやうにおもふなり、さらは、思ひたつへしとて、はんりのひしやと申て、こくうをさしてとぶくるまに、」（四十四ウ）

〔挿絵　第十五図〕（四十五オ）

おやこもろとも、上人おなしく御ともにて、しけたかしんかをともなひ給ひ、わかてふ紀の国わかのうらにつかせ給ひ、をとなし川のあたりに御座をすへ給ひ、くまの三しやとあらはれ給ひ、人のねかひをかなへんとの御ちかひなり、せうしやうてんと申は、大わうの御事なり、にやく一わうしと申は、王子の御事なり、また、りやうしよこんけんと申は、ごすいてんの御事なり、ひじりの宮と申は、ちけん上人の御事也、一まんのけんそく、拾まんのこんかうとうしと申は、一まんの」（四十五ウ）大臣、十万人の殿上人なり、十二しよこん（けん）は、ひる六人よる六人、しゆこ申せしこらうやかんこれなり、たきもとのせんしゆくわんおんは、后のめされし御馬なり、きりへかみは、ふしんと申せし后也、そうのきさきをせいし給ひしにより、神といはゝれ給ふなり、ふちしろの神と申は、女御に御馬まいらせ、おなしく御うふゆ奉りしものゝふなり、さて又、上人の御はからひにて、ちくせん中山をきいのくにへうつさせ給ひて、九ほんにわけ、とりゐの間に金のいさこをしき、金銀」（四十六オ）をちりはめたるやしろを作り、はしめをおとろかししんするなり、誠にれいけんあらたにおはします、又、まかたこくにのこりたまふきさきたち、こゝにのこりゐてもかいなしとて、大わうの御あとをしたい、我も〳〵と来り給ふ、まことに諸天（しよてん）もにくしと覚しめし、大風をふかせ、大なみをうたせ、きさきたちののりたるふね、こと〳〵くかいていにしつみ、そこのうろくづと

成給ふ」（四十六ウ）

〔挿絵　第十六図〕（四十七オ）

其後、きさきたちまうれい、あかむしとなり、くにへなりとも帰らんとて、いたどりといふ草の葉にのり給ふなり、これにより、いたとりをしよくすれは、七日のけかれと申なり、今の世にいたるまて、くまのへ参るもの、いたとりにさはらぬなり

そうして神の御めくみ、いつれの神もをろかはましまね（ママ）と、くまのゝ御神はへつして、しんしん申人には御めくみかきりなし、まかたこくより数多のたからを日のもとへ渡し給ふ、信心（しんしん）ふかき衆生（しゆしやう）に御さつけましますなり、此ほん地をよみ」（四十七ウ）たらんものには、まくらの夢にたちよりて、しそんはんしやうにまほるへしとの御ちかひなり、ゆめ〳〵うたかふ事なかれ、このさうしきくともからは、一とさんけいとおなし、書うつしたるともからは、二たひさんけいとおなし、されは、こんけんの御哥に、

　あなかちにわかまへまてはきたらねと　こゝろをはこふ人そうれしき

くまのしんかうの人は、うはなりまゝ子をにくへ（む）からす、御ほん地のはしめ、このゆへなり、よく〳〵これをたもたん人は、こんしやう」（四十八オ）ごしやうよく仏にならん事も、うたかひなし、よく心得へし、南無きみやうちやうらい、日本第一りやうしよこんけん、にやく一わうしと、三度となふへし、こんけんの御よろこひなり

土佐守光元筆」（四十八ウ）

『ほうめうとうし』

ジョン・シュミットヴァイガント

[第一冊]

むかし、五てんちくのうち、はらないこくに、一人の大わうおわします、よろつあくわうにてわたらせ給ふなり、ことにねんふつをきらひたまひて、こくちうへせんしをくたし、ねんふつを申ものあらは、すなはちいのちをとるへしとふれ給ふ、さらぬたに、かいこのまんほに(ママ)て、ほとけをねかふ事なし、いわんや、せんしくたるうへ、ふつとも、ほうとも申もの」(一オ)まれなり

こゝに、ちやうしや一人あり、なをは、たんひりちやうしやと申けり、五てんちくに三人のちやうしやあり、一人はくわつかいちやうしや、一人はしゆたつちやうしやとそ申ける、中にも、しつちんまんを(ママ)すくれたるは、かのたんひりちやうしやなり、さるほとに、ほう四十りに、たかさ十てうに、ついちをつかせ、其内に、たまのいらかをならへ、しやこう、めなふをしき、けまん、やうらくをさけ、せんたんの」(一ウ)の(ママ)にほひは、よもにくんし、くうてん、むねをならへ、ろうかく、のきをかさね、こくらくしやうとゝ申とも、これにはまさしとみえける、しかれとも、御子とてはわかきみ一人そおわします、ちゝはゝいとをしみ、中〱申はかりなし、三人のめのとをあいそへ、おなしほとのをさあひもの、かすをしらすあひそへ、いねうかつかうかきりなし、おとなしくならせ給ふにしたかいて、みめかたち、人にすくれ、りこん、さい」(二オ)

かくにして、つねの人にかわりける、とし月をふるほとに、八さいになり給ふ、せいしんにしたかいて、いよ〳〵ひかりおわします、いつくしき事たくひなし

されとも、こゝに一つのふしきあり、そのくにのかたはらに、りやうあんのしうたきかつるといふ所に、一つのいはやあり、かのいはやへ、一ねんに一人のいけ人をそなふるならいあり

しかるに、そのとしの正月十六日に、上下をきらわす、とるへきものには、ひたい」(二ウ)

にゑしきといふもしすはる、めくひ(ママ)、けつれとも、うせすして、おなしとしの六月十六日に、いけ人にそなへまいらせらるゝ、しかるに、たんひりちやうしやのひとりのしやうねん八さいになり給ふわか君のひたいに、かのもしすわれり、ちゝはゝ、おとろき給ふ事かきりなし

あまりのおもひに、ちやうしやふうふは、かのいはやにまいり、きねん申やう、いかなる神ほとけ、又はきしんなりとも、此いけに人を」(三オ)

ゆるし給へと、しんみやうをなけすてゝ、天にあふき、ちにふして、なけき給ふ、その外の人々、したしもう(ママ)ときも、をよふもおよはぬも、おしまぬ人はなかりけり、かやうに、ちゝはゝなけかるゝこと、ねき、かんぬしも、あはれみをなししかは、みこ、かんなき、へいはくをさゝけ、かんたんをくたき、のつとを、一七日のうち、まいらせ、ちやうしやふうふももろとゝに(ママ)、さんろう申さるへしとて、一七日いのれとも、しるし」(三ウ)

しなし、ねき、かんぬしもせきめんして、かんたんをくたき、こゝをせんと、きねんす」(四オ)

〔挿絵　第一図〕(四ウ)

三七日にまんするあかつきのむさうに、ちやうしやのふうふかあまりなけく事ふひんなるあひた、おなしとしのすかたかたちにたらんものあらは、とりかへへしとあり、まつ〳〵くわんはしやうしゆすとて、ちやうしやふうふはきゑつのまゆをひらき、げかうありけり、しかれとも、おなしとしのすかた

ににたる人あるへしともおほへす、たとひ、さやうの人ありとも、子をおもふはおなし事」（五オ）
たれ人かいたすへしと、なか〱おもひはまさるはかりなり、ちやうしやのうちに、りうかうといふものあり、よろつこさかしきなるか、ちやうしやに申けるは、さやうに御なけきにては、いかゝあるへき、世はひろく候へは、たからをたひ候へ、たつねてみんと申す、ちやうしやなのめならすよろこひて、こかね百りやういたされけり
かのりや（ママ）うかう、あき人にまなひ、かなたこなた、しよこくのこるところなく、心のおよふほ」（五ウ）との所、たつねけれとも、にたる人もなし、りうかうも、さて、いかゝあるへきと、しんたいきわまれり
こゝに、しやえこくのかたはらに女ほうあり、おつとはかうろくとて、世にかくれなき大かうのものなりしか、一とせ君の御大事ありて、かうろくうちしにしけり、かうろくうきよにありしときは、なにわにつけても、ともしからす、わすれかたみに、なんし一人あり、三さいのとし、ちゝに」（六オ）をくれけれは、いつしかいへまとしくなり、あさのころものあさましき、かきほのいほのしはしもなからふへきともおほへす、ひにもみつにもいりたくはおもひ（ママ）とも、もし、此こや人になると思ひ、あさ夕のいとなみも心ほそき事かきりなし、ちうるい、けんそくもみなにけさつて、ひとつとしてつきしたかふものもなし、とくしんとなりはてゝ、あけくれみとりこをともとして、月」（六ウ）日をおくりけり、このなをは、ほうみやうとうしとそ申ける、みめかたち、人にすくれ、りこん、さいかく申はかりなし、されとも、あさな夕なのけふりたへはてて、あさましきかきりなし
あるとき、かのとうし、はゝにむかつてとひ給ふは、われらには、ちゝと申人はおわしまさすや、めしつかふものもなく候や、なにとてはゝこ一人まし〱て、かゝるあさましきいとなみをせさせ給ふやらん」（七オ）

とあれは、されはとよ、御身のちゝはかうろくとて、世にかくれなきゆみとりなり、御身三さいのとし、うせ給ふ、うつれはかわる世のならいにて、つきしたかいつるものもうせさりて、今かゝるひとり身となりはてゝ候とかたり給へは、さては、おやのかたきありけるそや、われ人となりなは、ほんもうをとくへしとのたまへは、はゝきゝたまひて、いや〳〵、そのきにてはなし、きみの御事につきて」（七ウ）

みたれいくさのおりふし、うちしにしたまふは、いつれをかたきとさたむへき、ゆめ〳〵さやうの事、おもひ給ふへからすとて、はるの日のなかきひかりをも、わか子のよわひはむせいとなそらへ、あきのよのあけかたきをも、とうしのいのちにたとへ、あしきをみても、たはうとはらい、よろしきをみては、あやかれと、ちゝに心をそへて、なみたとともにそたて給ひける、心のうちこそあわれなれ」（八オ）

〔挿絵　第二図〕（八ウ）

ころは五月の事なれは、さみたれしめやかにふりしめり、いほりのうちもいとゝ物さひしき事かきりなし、かくてもかなわぬ事なれは、みつからさとへいてゝ、あわれみをうくへし、御身はさひしくとも、うちにまち給へとの給へは、とうしきゝて、おもひもよらぬ事、われらさとへいつへし、はゝこはこれに御入候へ、さなきたに、おやの御をんはほうしかたしと、きやうもんにも見ゑて候」（九オ）

ましてや、はゝに物をこはせ申、いのちをつくへしとや、思ひもよらす、身のゆくすゑ、いかゝなるへしとの給へは、はゝきゝて、それはさる事なれとも、御身の事は、いまたいとけなき身なり、にしもひかしもしり給ふまし、その上、御身はゆくすゑ久しき事にて、いつる日のことく、わらはか事は入日なり、たゝ御身とゝまり給へとせいすれは、とうしきかす、はゝの給ひけるやうは」（九ウ）

しからは、御身は、このうしろのやまへのほり、つま木をひろい給へ、みつからさとへいつへしとのたまへは、そのとき、とうし、ともかくもはゝのおほせのことくなるへしとて、は丶は、すそともかたとも見わけさるあさのころものそてをときて、ふくろにした丶め、くひにかけ、物うきたけのつえをつき、いほりの内をいてたまひける、心のうちこそあわれなれ
されとも、わか子、」（十オ）なにとしてか、山へのほるへきと、かたはらにしのひてみれは、つ丶かぬなわきれをとりあつめ、いほりのうちをかけ出けるか、は丶のいて給ひつるかたをこ丶ろもとなけに見をくりて、山にのほりけるに、」（十ウ）
〔挿絵　第三図〕（十一オ）
なみたもと丶まらす
さても、は丶はとをきさとへくたり、あるいゐにたちよりて、はつかしなから、むゐんものに、ときれうあはれみたまへとのたまへは、うちよりわかき女ほう出て、かの人をつく〳〵とみて、なみたをなかし、いたはしや、これはよしある人にてありけると見へさせ給ふか、つまにわかれ給ふか、子にをくれ給ふ人のまつしくなりはて丶、か丶るありさまをし給ふ」（十一ウ）かや、いたはしやといふま丶に、しろきよねを三ますはかり、なく〳〵いたしけり、うれしさたくひなし、いそきいほりにかへりける
とうしはいまたやまにましますやらんと、こ丶ろもとなくて見れは、はやかへり給ふと見へて、つま木をすこしゆひあつめおき、つかれたまふとおほしくて、かさをもいほりのそとになけすて丶おき給ふ、いそき」（十二オ）うちに入て見れは、とうし山よりかへり給ふ、つくゐによりか丶り、きやうをよみてそおわします、は丶はとうしをみて、よろこひ、とうしはは丶をみて、よろこはしきふせいかきりなし」（十二ウ）
〔挿絵　第四図〕（十三オ）
されとも、二三日のほとはいとなめとも、又かきりある事なれは、は丶はさとへいてたまふ、かなたこなたをめくり給へとも、このたひは、すこしもあわれみなし、いか丶せん、さこそとうしまちかね給ふらんとおもひ、かくてはいか丶すへきとて、又あるいゐにたちより、世にすてられたる物に、とき

りやうあはれみ給へとのたまへは、うちよりけんまくあれたる」（十三ウ）をんないてゝ、かゝるおそろしききゝむしふんに、なにあわれみ候へき、いそきいてよとおひいたしけれは、かさねての給ふやう、わかみひとりの事ならす、とてもあるかいなき身なれとも、いとけなきおさあひものを一人もちて候、これをはこくまんためなり、あわれみ給へとの給へは、うちたけ（ママ）たかく、世にふとくしんなるあまいてゝ申やう、おそろしや、あのおんな」（十四オ）の申事は、物をこはゝ、たゝもこはて、もたぬ事を、もちたるなとゝいつわり事のにくさよと、そうとうして申ける、はゝきゝて、うたてや、くれすはそれまてもなきに、なにゆへに、もたさる子をもちたるとはいふへきに、なさけなの人のことはやとて、なく〱いてけれは、内よりあまいてゝ、かほゝなかめて、くさりたるめをしふりあけて、あのことくなる物を」（十四ウ）はならはさんといふまゝに、つえをとり出し、ふりあけて、おつかゝる、はゝはあまりのをそろしさに、ゆるし給へといふまゝに、にけけれとも、年月のつかれにや、かつはとまろふところをおつつめて、ふりあは（ママ）〱おもふまゝにうちたりけれは、よはりはてたる身にてはあり、おもふほとはうたれつゝ、そのまゝいきたへにけり、あまは、そのとき、とつとわらひ、」（十五オ）それにこりよとて、うちへかへりけり、なさけなしとも、なか〱いふはかりなし、かのあまをにくしといわぬもの[そ]なき」（十五ウ）

〔挿絵　第五図〕（十六オ）

さるほとに、はゝはみちのなかに、たをれふしておわしける、しゝたる人なれは、ぶつしんあわれにおほしける、おりふし、たつときひしりの山こもりし給ふか、かの女はうを御らんして、あたりの物に御たつねあれは、ありのまゝに申、さては、ふひんのことかなとおお（ママ）ほせられて、ひきたて、御らんするに、はやことはてゝ、いきもかよはす、是はふひんのしたひかなとおほせられて、」（十六ウ）

しひの御まなこよりなみたをなかし、いろ〳〵くすりをあたへ、水をのませ、
かんひやうし給へは、まことにちやうかうにあらされは、よみかへりけり、
そのとき、ひしりとひ給ふやう、いつくのくに、いかなる物そとおほせけれ
は、は、こたへて申やう、たゝいまいのちたすかり申事、ひとへに御そうの
御しひにより、いのちなからへ申事のありかたさよ、さても、みつから此あ
り」**（十七オ）**
さまにて、いにしへをあかし申事には侍らはねとも、あまり御しひのありか
たさに申なり、おつとはかうろくとて、世にかくれなきゆみとりなりしか、
一とせ、きみの御大事ありしとき、うちしにつかまつるなり、そのとし三さ
いになるわすれかた見をのこしおき候、しやうねん八さいになりさふらふな
り、なをはほうみやうとうしと申なり、かうろくありしときは、なに」**（十
七ウ）**
はにつき、ともしき事もはんへらす、したかふ物もあまた候ひつれとも、う
つれはかはる世のならいにて、かゝるあさましき身となりはてゝ、かのとう
し人にもなりて、おやのかはねをもとりたて、二たひはなさくはるにもあは
て、有かいもなきつゆのいのちなからへて、かゝるあさましきことのみにあ
ひて候、まさしくたゝいまみつからしゝて候はゝ、いほりにをきしとうし」
（十八オ）
もしゝ候へし、御しひにより、おやこもろともにいのちたすかり候事のあり
かたさよといふまゝに、たもとをかほにをしあてゝ、なみたにむせひけれは、
ひしりもともにすみそめのそてをしほり給ふ、しかれは、ひしりのたまふは、
かくてこゝにとうりうあらは、これほとけんとん、ほういつのをそろしきさ
となり、かさねてうき」**（十八ウ）**
めを見たまふな、とく〳〵やまへのほり給ふへしとて、ひしりは御とをりあ
りけり」**（十九オ）**

〔挿絵　第六図〕**（十九ウ）**

〔第二冊〕

はゝは、うれしからぬいのちなからへ、つえをつき、なく〳〵いほりへかへ
られける、心のうちこそあはれなれ
とうしは、はゝのをそくかへらせたまふ事、心もとなくおもひ、いほりのそ
とにいてゝまつところに、いつよりも御ありさましほ〳〵としてかへり給ふ、
とうしは、はゝをみて、なに心もなく、はゝのかへり給ふを、うれしさの
まゝはしりより、御たもとにとりつき、」（一オ）
なにとてけふはいつよりもをそくかへらせ給ふそと、心もとなくそんして候
へは、御かへり候ひつるうれしさといひけれは、はゝは、この有さまを御ら
んして、心とをくならせ給ひしか、やう〳〵心をとりなをし、されはとよ、
けふは何とやらん、人のあはれみもはんへらす、なにとしてつかれをなをす
へき、よし〳〵よあけなは、またさとへ出て、つかれを」（一ウ）
させ（ママ）申へし、さても、いかなるせんせのかいきやうつたなくして、ゆめの世
のうちをさへ、いとなみゑすして、かやうになりはつる事、むくひのほとの
うたてさよ、さりなから、いまこそかゝるあさましき身となるとも、御身は
ゆくすゑ久しきことなれは、くわほうめてたき身となり給へと、よもすから
うらみてはなき、なきてはうらみ、又は、とうしのゆくすゑめて」（二オ）
たかれといわひて、なみたとともによをあかしけり
かくてかなわぬことなれは、はゝは又さとへ出給ふ、とうしに、けふはやま
へ出給ふな、やかてかへらんとて、ねんころにいとまこひしていて給ふか、
又きのふのやうなる事にあひて、身をいたつらになしなは、わかれとやなる
へき、なこりをしき事かきりなし、心のうちにて、あら、いま〳〵しや、や
かてかへらん物をと」（二ウ）
おもひ、いはひなをして出給ふ、はゝの心そあはれなる
とうしも、なにとやらん、いつよりも御なこりおしく候とて、かとにたちい

てゝ、はゝのうしろすかたをみをくり、なみたくみて立にけり
そのゝち、とうしは、うちに入、心をすまし、御きやうをよみ給ふ、きやう
もんにも、おやの御おんほうしかたしとあり、かやうのきやうもんをちやう
もんしても、」（三オ）
いよ〳〵はゝの御おんおそろしくこそをもわれけれ、いつくのさと、いかな
るところにかまよひ給ふらん、とくしてかへらせ給へかしとおもひけるおり
ふし、いほりのそとより、物申さんといふ、たれなるらんとおもひ、たちい
てみれは、五十はかりなるおとこ、いろくろく、やせたるか、しよこくをめ
くるあき人なるか、みちにゆきくたひれて候、みちはいつく候やらん、をし
へ」（三ウ）
てたへといへは、とうしきゝ給ひて、みちはあのそはにて候、そのみちより
み給へといふ、かのあき人、此とうしをつく〳〵とみて、あら、いつくしの
おさあひ人や、此五十日はかりしよこくをしゆきやうして見つれとも、かゝ
るいつくしきおさあひ人はみす、わかしうのいつきかしつきし給ふわかきみ
のかたちも、これほとにはなし、かゝるいつくしき人の、このやまのう」
（四オ）
ちにあさましきいほりにすみ給ふは、いかさまこれはまゐんの物か、われを
なふるへきためやらんと、をそろしくはおもへとも、よし〳〵ちからなし、
たとひまゐんのものなりとも、まつうちへ入て、ことのやうをうかゝはや
と思ひて、いほりのうちへたちよりけれは、とうしをとなしやかに、これは
たれ人にて御入候そや、見くるしきしつのいほり、そのうへ、あるしも」
（四ウ）
御るすなり、みつからひとりさふらへは、かなふましきよしをの給ふ、あき
人きゝて、これはくるしからぬあき人也、みちにゆきくたひれて候、すこし
のほと、あしをやすめさせてたひ給へとて、とうしのおはしますあたりへち
かくたより（ママ）て、此ありさまをよく〳〵みたてまつり、りうかう心に思ふやう、
このあひた、たつねけるほとの人なり、いか」（五オ）

さまこれをかとはさんと、天のあたへとうれしくて、さて、御身はいかなる人にておわしませは、か丶る山のうちに、た丶ひとりおわしますそと丶ひけれは、とうしき丶て、まつ御身はいかなる人そ、かたり給へ、あき人にて候、あき人とは何事そや、いはれをの給へ、みつからも申へしとおほせけれは、りうかうき丶て、おほせもつともにて候、あき人と申は、やす」（五ウ）き物をかひとり、たかくうり、そのりをとり候ものを、あき人と申なり、その時、とうしも、はしめおわりのありさまをくわしくかたり、その丶ち、わか身をあき人にうるへし、かひ給へ、それをいかにと申に、われをやういくし給ふために、かなわぬしつかわさをのみして、われをはこくみ給ふ御をんのほと、おそろしく候へは、身をうり、そのかわりをは丶に」（六オ）まいらせ、いちこのあひたを心やすくすくし申へきとおもふなりとの給へは、かのあき人、此よしをき丶、かやうの事をきかすとも、いかにもして、かとはかしいたすへきとおもふに、是はてんのあたへ給ふかとうれしく、おもひけるやうは、おさあひ心に、は丶の御事をなけき給ふ事のいたわしく候程に、たかくかひ申へし、た丶し、御身こそさやうに」（六ウ）おほせ候とも、人のさ丶へ候は丶、きよくもなしといふ、とうしき丶て、さてこそ、とくみちやりて、かわりをおき、は丶の御かへりなきあひたにいて丶ゆくへし、そのほかの人は、と丶むるものもなしとの給へは、そのきにてあるならは、御身のかわりをまいらすへきとて、ふところよりこかね百りやうとりいたし、とうしにわたしける、あき人申やう、しからは、しやくちやうをか」（七オ）きてたひ給へと申、とうしき丶て、しやくちやうは、なにとかき候やらんといへは、のちにへんかへあるへからすといふふんしやうをかき、なはんをすゆるなりと申、その時、とうし、すみすりなかし、ふてをそめ、なみたとともにかき給ふ、そのしやくちやうにいはく、うりわたし申候わか身の事、かわりはこかね百両なり、ようのしさいは、は丶をはこくみ申へきためなり、」（七ウ）

よつて、うりけんのちやう、くたんのことし、しやうねん八さいになる、なをは、ほうみやうとうしとかき、ふてをかつはとすて、、こゑもおしますなきたまふ、あき人も、いは木ならぬ身なれは、ともになみたにふししつみけり」（八オ）

〔挿絵　第一図〕（八ウ）

かくてあるへきにあらす、は、のかへらせ給はぬさきに、とく〳〵出させ給へといそきけり、とうし、もつともにて候、さりなから、すこしのほと御まち候へ、は、の御かたへ文一つかきをきて、いつへしとて、さま〳〵のことをくわしくかきをて（ママ）、わか身をうりしかわりのかねを文にそへて、つねのふしけるところのしたにおきて、今ははやおもひをく事なし、」（九オ）
いつくへもつれてゆき給へとて、いほりのそとへ出けるか、なをもなこりのおしきに、かとより又たちかへり、は、のふし給ふところにまろひ入、御まくらにいたきつき、こゑもをしますなき給ひ、かやうになかきわかれとしるならは、けさ出させ給ふとき、御すかたをもよく見たてまつり、御いとまこひをもくわしく申へきに、ち、にはいとけなくして」（九ウ）
はなれ、は、にはいきてわかれし事のかなしさよと、なみたにむせひ給ひけれは、あき人もともになみたをなかしける、いはんや、わかかたへゆきつきたらは、やかていけにへにそなへ、いのちをとるへきなれは、いたわしさかきりなし
かくてはちこくうつり、は、のかへらせ給ふへし、心よわくてかなふましと、いそきいてさせ給へとせめけれは、とうし」（十オ）
おきなをり、おつるなみたをしぬくひ、なかきわかれのことなれは、あまりのかなしさのま、、ふかくなみたにかきくれて、いつへき事をわすれて候、身つからほつきにて申あわせつ、、今さらか、るふるまひを、いかにみれんとおほしめし候はん、はつかしや、いまははや思ひきりて候とていてたまふ、御すかたか、りのしんしやうに、おとなしやかなるあり」（十ウ）
さまを、見るになみたもと、まらす、さとに出て、むまをとり、とうしをの

せたてまつり、みやこをさしてそいそきける
は、はかやうの事ゆめにもしらす、よねをこひてかへり、いかにとうしまち
かね給ふらんと、いそきかへれとも、このほとのつかれにや、おもふほとは
ゆかれす、やう〱たとるほとに、いほりちかくなりける、いほりへゆきて、
うちへ入けり、をそくて、」(十一オ)
そとより、とうしはうちにましますか、いかにまちかね給ひつらんとゆひて、
うちへ入、みれは、人もなし、なにとやらん、物さひしきていにて、いまた
山よりかへらせ給はぬやらんと心もとなく、むねうちさはき、かなたこなた
たつねまわれとも、見えさせ給わす、こはいかなることやらんと、くひにか
けたるよねふくろをかしこになけすて、、あわてさわ」(十一ウ)
き、そのゆくゑをたつぬれとも、なし、さては、此ほとのつかれに、たき、
ひろい給ふとて、たにへころひ入たまふかとて、いそき山にのほり、みつけ
まいらせ申へしとて、又うちへはしり入、よねふくろをとり、くひにかけ、
山にのほり、みねにあかり、たに、くたり、このもと、かやのした、かんせ
きのあたりまて、のこるところもなく、たつねけれとも、ゆきかたなし」
(十二オ)
いまは心もつきはて、、あしこしもた、されは、とあるみねにこしをかけ、
ほうみやうとうしやましますかと、こゑをかきりによは、れとも、とうしは
こたへたまはす、たにのひ、きに、こたまよりほかはこたる(ママ)物もなし、は
や〱日も入あひになり、さみたれはふりかすみ、かへるへきみちも見えす、
されは、そのよは山にふしかたく、そてのしほる、は、露になみ」(十二ウ)
たやまさるらん、せめては月はあるならは、よと、もにあこかれ、たつねて
もみたけれとも、さみたれやみのことなれは、たにとも、みねとも、見えわ
かす、ぬるもねられす、おきもせす、おもかけはかり身にそひて、こひしさ
はかきりなし、あかつきのかねのねに心もつきはて、、をのつからやもめか
らすのこゑ〱に、あくるそなたのよこくもは、わか心」(十三オ)
にやひかるらん、かくてもいか、あるへきと、又たちあかり、つえをつき、

なく〳〵いほりのうちへたをれふし、くひにかけたるよねふくろは、たかためにこれまてもちけるそやとて、なけすてて、こゑもをしますなきにけり、さもあれ、いかなるまゐんけしやうの物かとりたりとも、なとやしるしのなかるへきと、わつかなるいほりのうちを、かなたこなたと」(十三ウ)見まはれは、つねにふし給ひしところ、すこしたかきやうにあり、あやしく思ひて見給へは、文一つに物をそへておきたる、されはこそと、ひらきて見れは、その文にいはく、さても〳〵、御はゝ、あさな夕な、かなわぬいとなみをさせ給ふを見まいらせ候も、なか〳〵心うく候、そのゆへは、よろつのきやうもんを見るに、はゝのをんほうしても、ほうし」(十四オ)かたきと見えたり、あまつさへ、此ころははこくみ給ふへきために、とをきさとにくたり、人のあわれみをうけ給ひ、さなからこつしきと御身をなし給ふ、これをひとへに身つから(マヽ)とかにあらすや、いかにふつしん三ほうも、われをにくしとおほすらんとおもへは、のちの世まてもあさましく、かゝるありさまと、ふつしんもあはれみ給ふか、いつくともなく、」(十四ウ)さあるへき人のきたりて、御身をはすなはちくわほうめてたき人となすへきよし、かたくしやうもん候ほとに、はからい申なり、御かへりをもまち申たく候ひつれとも、さためて御いとま給はり候ましきとおもひ、御なこりをしきせんかたなく思ひつれとも、かやうにまかり出ぬるなり、此かねは御心やすくいとなみ給へと、なみたとともに(マヽ)、みつからも」(十五オ)ゆくすゑめてたくて、かならす御めにかゝるへしと、なみたとともにかきとゝめたりと見えて、筆のたてともしところにて、もしのすかたも見もわかす、はたのまもりとひんのかみをすこしそへて、もしこんしやうのゐんつきなは、是をかたみに御覧せよとて、百りやうのこかねにそへてそおき給ふ、はゝは文をみ、かたみの物をむねにあて、かほに」(十五ウ)あて、天にあふき、地にふし、りうていこかれ、なき給ふ、うたてやな、我子をは、いかなる人のぬしになりてうりけるそ、いかなる人のかひけるそ、あたりにさと人はおわせぬかと、うらみてはなき、なきてはうらみ、せ

んかたなくそ見えたまふ」（十六オ）

〔挿絵　第二図〕（十六ウ）

や、ありて、おきあかり、よく〳〵物をあんするに、かひなきいのちなから
へてあれはこそ、かゝるおもひもあれ、いかなるふかきふちせにも、身をし
つむへしと、一すしに思ひきり、見くるしきものともとりしたゝめ、とゝむ
る人はなし、いほりのうちをたゝひとり、すこ〳〵といてけるか、なをもと
うしのおもかけ、いほりのうちにあるやうに、なこりおしさ」（十七オ）
はかきりなし、なみたとともに出給ひける、かのたにかわへくたり、ふかき
ふちをもとめて、すてに身をなけんとしたりしか、まてしはしわかこゝろ、
これはしゝたる人にてあらす、いのちありてこそ、又もめくりあふへけれと、
われと心に身をとめ、かいなきいのちなからへて、又すみなれししはのいほ
りへ、たとり〳〵つえをつき、かへり給ふそあはれ」（十七ウ）
なる

かくて、とうしの身にかへたるこかねを見るも、なか〳〵うらめしく、一つ
はとうしのきたうのため、又いのちのうちにいま一たひあわせてたへとおも
ふ心さしにや、かなたこなたのかみほとけ、たうてらへきしんして、ひとつ
も身にはつけさりけり

さて、とうしのゆくゑをたつねんと、いほりのうちをひとりしほ〳〵とたち
いて、たのむ物はたけの」（十八オ）
つえ、世のなかつく〳〵つきなして、かなたこなたをもよひける、はゝの
こゝろそむさんなる、もしや〳〵とすくるほとに、はやそのくにをもまよひ
いて、あけぬくれぬとゆくみちも、なみたにくれてみちみえす、はやりやう
かんをなきつふし、もうもくとそなりにける、めの見えけるほとこそ、まい
りてもたつねけれ、もうもくの事」（十八ウ）
なれは、りやうのてにつえをつき、身をうりたるほうみやうとうしやましま
すと、こゑをはかりによはゝれは、見るも中〳〵ふひんなり、わらんへとも
は是をみて、とうしめくらとなをつけて、あとさきにつきそひ、わらひける、

かたみのまほり、くひにかけ、くに〳〵をたつねけれとも、こひしきとうし
にはあわさりけり」(十九オ)

〔挿絵　第三図〕(十九ウ)

かくて、せいも心もつきはてゝ、なをまたこきやうのゆかしさに、おんこく
へたちかへり、ありしほとりのみちはたに、くさのいほりをひきむすひ、ゆ
きゝの人のあわれみをうけて、つゆのいのちをなからへ給ふ、はゝの心そあ
われなる
さるほとに、あき人は、とうしをくそくして、ちやうしやに此よしかくと申
せは、ちやうしやふうふは、なのめならすに」(二十オ)
よろこひて、いそき御らんせらるれは、とうし、ちやうしやふうふの御まへ
に、しほ〳〵とかしこまり給ふ、あら、いつくしのおさあひ人や、わか子の
わかきみに、すかたかたちまさりたり、これはたゝ人の子にはあらし、ふひ
んさよとおほしめし、いかなるさと、たれかしの子にてあるそ、ありのまゝ
にかたり給へとおほせけれは、とうし、」(二十ウ)
かほうちあかめ、物ものたまはす、いかに〳〵と、かさねて御たつねあれは、
そのとき、とうし、さん候、これはしやゐこくのかたはらに、かうろくとて、
人のしろしめしたるものゝ子にて候か、みつから三さいのとし、きみに御大
事ありて、うちしに申、そのゝち、はゝ一人のやういくにて、此としまてそ
たてられ候、うつれはかわる世のならひとて、ちうるいけんそくも、」(二十
一オ)
みなにけうせて、いゐまつしくなりはて、かいなきいのちつかんとて、あさ
な夕なのはゝのいとなみ、見るもなか〳〵心うしとて、たもとをかほにあて、
なみたにむせひ給ひけれは、ちやうしやふうふも、そてをしほり給ふ、その
ほかの人々も、かゝるやさしき、あわれなる事あらしとて、みなそてをぬら
しけり、ちやうしやのきたの御かた、さて、」(二十一ウ)
はゝのはからいにて、その身をうりけるかととひ給へは、とうし、なみたを
なかし、そも、いかなるおやは(ママ)とて、こをうりて、いのちをつかんとおもふ

もの、候へきか、あまりにはゝの御おんほうしかたきことをおもひ、はゝのよそへ出させ給ふおりふし、身つからかはからいにて、かやうに侍るとの給へは、さては、はゝのためにかやうに身をはからいけるか、されは」（二十二オ）

こそ、あのとしまてそたて、かゝるいつくしきおさあひを、いかなるおやなれはとて、はなしつらんと、よにふひんにおもひてあれは、御身のはからい給ふこそ、かう〳〵の人かなと、ちやうしやふうふはてをあわせておかみ給ふ、さもあれ、かゝる世にためしなきおさあひ人の心かな、たれもおやの子をおもふみちはおなし事、わかき身のはゝうへのふるさと」（二十二ウ）

にてなけき給ふらんとて、ちやうしやふうふはなみたにしつみ給ひけるところに、ちうもんのほとりに、あまたのこゑして、物申さんと、あらけなくよははる、うちより人をいたしけれは、いはやよりの御つかひなり、しんしすてにみやうにちなり、なにとてさしきの御ようゐはなきそ、あすはたつの一てんに、あひさたまるなり、いそき」（二十三オ）

そのきしき有へしと、さもおそろしくよはゝりけれは、ちやうしやふうふはきゝたまひて、おそろしのこゑともや、めいとくわうせんにて、ゑんまわうのつかいも、これほとこそあるらんとのたまひて、きもたましひも身にそはす、かんなきたちに返事すへきやうもましまさす、くたんのりうかう」（二十三ウ）

いてあひて、しいしゆの事をかたり、みやうにちの御しんしは、いつものことくつとめ申へきなりとて、かんぬしをいわやへかへしける」（二十四オ）

［第三冊］

さて、よもすから、しんしのいてたちをこしらへ給ふ、とうしは、いかなる事やらんとおもはれける、心のうちそあはれなる

すてにやう〳〵あけほのになりけれは、かんぬしは、御しんしおそしといそ

きけり、その時、とうしのかみをひたりみきにわけ、ひんつらにゆひて、し
てをきつて、すかたの見えぬやうに」(一オ)
かけにけり、ひたひにてんくわんをあて丶、いろ〳〵のはなふさをさし、く
れないのおほくち、きんしやのすいかん、はなやかにきせ、色々のほうへい
をもたせ、えて(ママ)いのつけ(ママ)きやう一くわんもたせける、いてたちた(ママ)給ふそのす
かた、天にんのやうかうもかくやと、いつくしさかきりなし、ちやうしやふ
うふをはしめとして、上下はんみんを(一ウ)
しなへて、とうしをおしまぬ人そなし
かくて、おそしとせめけれは、とうしをたまのこしにのせ、みこかんぬしに
そわたしける、此人々はうけとりて、こしをちうにとはせ、せんこからみて、
いそきけり、ちやうしやふうふはとうしをいたし給ひてより、なみたにしつ
み、せんこふかく見え給ふ
さて、みやへ(ママ)はほとなくいはやへつき給ふ、」(二オ)
そのありさまを見るに、一ちやうはかりなるたかきたなをかき、四方に御へ
いをたてならへ、八しやくのまないた、二しやく八寸のはうちやうに、はし
をそへてをきたる、そのまへに、かのとうしをすへてをきたり、いかなるこ
とにやあわんつらんと、むねうちさはき、いまさらはゝのこひしくて、しの
ひのなみたせきあへす、されは」(二ウ)
とも、こゝろにてひきかへ、みれんの心や、はゝの御をんほうせんとて、
おゝくのこかねにかへつる身を、いまさらをとろくへきにあらす、そのうへ、
なこりをしきはゝうへにさへ、ひきわかれ申せしに、これは物のかすならす、
たゝいまいのちとられけるとも、はゝのためと思へは、つゆほともをしから
す、されは、こんかうきやうのもんにも、いつさいういほう」(三オ)
によむけんはうよと(ママ)あり、もとよりゆめまほろしの世の中そかし、いつれの
なにものかありて、おそろしきとも、うらめしきともおもふへし、さいこは
いつのほとなるらん、のちの世まてもてらし給へ、なむ大じ大ひのくわんせ
をん、ひくわんあやまり給ふなと、ねんくわんふかくきせいしけれは、すて

にみや人百人はかり、いろ〳〵」（三ウ）
のしやうそくし、御へいをふる人もあり、さつ〳〵のすゝのねをたからかに
ふる人もあり、ふへをふく人もあり、かくのをと、みねのあらしにたくひ、
たにのひゝきに、わかの御かたのこゑをそへ、さま〳〵のやくにん、こゝを
せんと、つとめける
かくて、ときうつりけれは、そくたいのかんぬし、たなにあかり、まないた
にむかい、かたなをぬき、はしをそろへて、」（四オ）
いはやのかたをねんし、ゐんをむすんて、そのゝち、かのとうしをひきよせ、
まないたにをしふせけり、」（四ウ）

〔挿絵　第一図〕（五オ）

とうし、おもひまふけたる事なれと、さすかおさあひ人なれは、をもはすは
つとなきいてけり、みや人、みれんなりとしかり、まなはしをひたりみきの
かたにたて、かたなをとりなをし、いたゝきより、あしのさきまて、三とな
てくたして、三かたなきるまねをして、たなよりいたきおろし、とうしをは、
いはやのたち（ママ）におき、とをあらけなく」（五ウ）
たてゝ、みや人はかへりけり
そのゝち、とうしは、いはやのうちにて、心ほそき事かきりなし、とはたて
られつゝ、つらきことかきりなし、をそろしくおもひけるところに、いはやの
うち、おほきにしんとうして、なまくさきかせ、ぬる〳〵とふきいたし給ひ
候を見るに、ものゝいつるよそおいある、とうし、あまりのおそろしさに、
めをふさきて、」（六オ）
たな心をあわせてゐたりけり
あんのことく、物のきおひけるやうに、かほへあつきいき、くわつとかゝる、
あまりのかなしさに、めをひらきてみれは、いはやのうちに、みやうくわも
へあかりける、その中に、たけ廿ひろもあるらんとおほしき大しや、かしら
は八つ、まなこは十六、つのはかすをしらす、かしらはあかゝねのはりをみ
たしたることとし、くれない」（六ウ）

のしたをふりたてゝ、いていりのいきはくわゐんをふきいたし、とうしをみ
つけて、よろこひいさむそのすかた、おそろしきとも中〱申はかりなかり
ける
とうしはそのまゝいきたへ入給ひしを、大しやのならいにて、しゝたる人を
のまされは、すこししりそき、いかりをやめけれは、とうしすこし心つきて、
おきなをりていはく、ねかわくは、身つからに、せつなの」（七オ）
いとまをたへかし、はゝのために、ねんふつをまいにちせんへんつゝ申なり、
今日はかやうにありて、をこたりける、たゝいま、さいこのかたなれは、今
ならて申へからすと、なみたとともにの給へは、かういんふかき大しやも、
あはれとやおもひなん、いかりしつめて、かしらをさけ、ふしけれは、とう
しはなのめならすにおほしめして、かいてのことくなる御手にて、たな心
を」（七ウ）
あわせて、なむくわうみやうへんせう十はうせかい、ねんふつしゆしやうせ
つしゆふしやととなへつゝ、たとひ、十あく五きやくの物なりとも、一ねん
のすいきに、すてにいんせうあるへきなり、されは、おやの御ためにすつる
いのち、らいかうのあみた、かならすみちひき給ふへし、かりのまうねんは
よものあらし、さやけきむねの月のひかりにして、にしの山のは」（八オ）
をてらし給へ、大しやもろともに、あんにようのしやうとにむかへとり給へ、
とくしやも、われも、さらにへちきなし、されはにや、にうかかにうのほか
にして、しりきたりきのはうへんの、もんほう一によにおさまるくわんねん
のまもり、たねんなく、ねんふつ申させ給ひけれは、をんかくのこゑ、こく
くわみ（ママ）やうかゝやきて、しうんそらにたなひき、いきやうよもにくんし、を
うにひゝき、めをひらきてみれは、くらかりしいはや、たちまち」（八ウ）
そろしかりつるいはや、すなわちしやうとゝ也、大しや、らいかうのうちに、
はいのつのおれ、かうへをうなたれ、したをたれてそゐたりける、しやうし
ゆたちより、御そてにて、かうへなて給ひけれは、たちまちしやしんをひる
かへし、十七八のおとこになりにける

おとこ、なみたをなかし、とうしの御いん」（九オ）
とうにより、しやしんをてんし、ふつくわをうくる事、ひとへにほうみやうとうしのたりきほんくわんのところなりとて、とうしをらいしたてまつり、われ、このとし月、大さいしやうにひかれて、此いわやにこもり、一ねんに一人つゝ、いけ人をしきとす、しかれは、みやうくわ、身をこがし、くるしひ、ほねをくたき、ゑ（ママ）うしやうあしゆらまんかうにもつくる事あら（ママ）ましかりつる」（九ウ）
に、とうしのおやかう〳〵のねんふつ、たりきほんくわん、にうかかにうのくわんねん、一によなる心さしにひかれ、へんしのうちに、おもきさいかうの身を、ほんかくのみやこにいたり給ふ事、御ほんゐにあらすや、ありかたし〳〵とて、とうしはいそきかへらせたまひ候へ、われはくほんのしやうせつにうまるゝなり、おかみたまへとて、廿五のほさつもろとも」（十オ）
に、くわうみやうをはなち、しうんにせうして、さいほうをさしてゆきたまふ、ありかたしとも中〳〵申はかりなし」（十ウ）

〔挿絵　第二図〕（十一オ）

とうしはなをも御なこりをしくて、あみたの御あとを見おくり給へは、こんしきのひかりさして、いきやうよもにくんし給ひけり
かくて、あるへきにあらすとて、おそろしかりつるいはやのうちを、ゆめのさめたる心ちして、とうしはなみたとゝもに、いはやをいて、ちやうしやのかたへかへらせ給ふ
さて、ちやうしやふうふは、かうろうにのほり、」（十一ウ）
いはやのかたを見おくり、むさんや、はやこのものは、みつのあはとなりつらん、わか子をおもふやうに、さこそはゝのなけき、かなたこなたとたつぬらん、せめてかゝるゆくすゑをしらせはやなんと、なみたとともにかたり給ふところへ、とうし、もとのすかたにて、しほ〳〵として、なんてんのむらまつのかけにたちやすらひ給ふを、ちやうしやふうふは御らんして、かうろうよりこ」（十二オ）

ろひをち、是はゆめにてありけるそや、たとひゆめなりとも、うちへいたき入みはやとて、身つからいたきてうちへ入給ふ、さては、かう〳〵の人をは、しよてんもあわれみ給ふにや、かゝるふしきの有つらん、かやうにふつしん三ほうも、あわれみ給ふ人をは、いかてかをろかに思ふへしとて、やかて我子にやうしして、ちやくそんにこそなされけれ、我子をは二なんになし、もつ所のさいほう二つにわけてゆつられけり」（十二ウ）

〔挿絵　第三図〕（十三オ）

其のち、かゝるふしきの事をそうもん申さぬはいかゝとて、いそき大りへさんたいあつて、此ありさまをそうもんありけれは、ていわうゑいらんあつて、さては、ねんふつ申ものは、きとくのありけるかな、此ほとおもひ事(ママ)は、けとうにひかれ、くやしさよ、しよせん今日よりして、ねんふつをよく申、けつしやうわうちやうをうくへしと、こくちうをふれさせ給ふ」（十三ウ）

これも、とうしかう〳〵なるきとくこれなり、しよこくもふにようにして、ゆたかに、人みなゑいくわをほこり、めてたきことかきりなし

又、ていわうよりせんしをくたされ、ほうみやうとうしいそきさんたい申へしとちよくしあり、ちやうしやふうふは、なに事やらんとおもひてあれとも、ちよくめいなれは、せひなくして、くるまにのせ、あまたの」（十四オ）人をあひそへて、とうしをさんたい申させたまふ

ていわう、とうしを御らんして、ほうみやうとうしとやらんは、なんしかことか、いけにへにそなへられしときの事ともを、ありのまゝに申へしとせんしあれは、いはやのやう、わか身をうりたるいはれを、のこさす申あけけれは、ていわうくわしくゑいらんまし〳〵て、さては、」（十四ウ）おさなきしんちうにも、かう〳〵をむねとして、かゝるふしきのありけるかとて、りやうかんに御なみたをうるほし給ふ」（十五オ）

〔挿絵　第四図〕（十五ウ）

まことにしよてんもなふしうあつて、こんとのなんをのかれけるそや、しよせんかゝるしよてんのめくみある人に、世をゆつりなは、なを〳〵こくとあ

んをんにして、よものなみかせしつまりて、たみもとゝさゝぬ世となるへしとりんけんあつて、やかて御くらゐをすへり給ひて、とうしをしんわうにとそ申たてまつりけり」（十六オ）

さりなから、くらゐにはつき給へとも、はゝの御ゆくゑのきかまほしさ、これのみあむし給ひて、あるとき、かのちやうしやのかたへ、御つかいをくたされて、しんわうのせんしに、ふしきのくらゐにつき、てんしの身となるも、ひとへにはゝのおんにあらすや、いかなるふしきのありさまにてかわたらせ給ふらん、御ゆくゑをもしらすして、」（十六ウ）

くわういんをおくる事、そのとか、いかゝあるへきとおほせいたされけれは、ちやうしやふうふはうけたまはり、いそき〳〵ところ〳〵へししやをたて、いち〳〵にふたをたて、たつね給へは、いつれかわうとにあらすや、やかてそのゆくゑをたつねいたされけり、いかにとうしめくら、たしかにきけ、大りへめされけるそ、いそきさんたい申せと有けれは、」（十七オ）

かのもうもく、是をきゝ、何と大りへめさるゝとや、おもひもよらす、なにの御ようもあるましきなり、身つからも又大りへは申へき事もなし、たゝきかまほしきはとうしのゆくゑなりとて、またさめ〳〵となきにけり、御つかいの人これをきゝ、とかく申ても何かせん、此よしそうもん申へしとて、いそき大りへまいりて、ふしき」（十七ウ）

なるおんなめくらの候か、ほうみやうとうしのかたみとて、かきたるまもりをくひにかけ、あけくれ、とうしゆかしさよとてなくはかりにて、心もきやうらんして見えて候、おほうちよりせんしあるほとに、いそきさんたい申せとあれは、きみも御ようはあるへからす、身つからも申へき事なし、たゝとうしこそこひしく候へと申きりて、さんたい」（十八オ）

申へき事おもひもよらすと、ありのまゝにそうもんあれは、しんわうなのめならすゑいらんありて、うたかふところなく、しからは、やかてりんかうなるへしとて、かたしけなくもしんわうは、ゐくわんたゝしくましませは、たまの御こしにめされけり、おほしめす事ありて、おほくはめしつれさせ給はす、されとも、我も〳〵と御ともありけり、百くわん、けい」（十八ウ）しやう、うんかく、そのかすをしらす、かたしけなくこそ候へ

御みちしるへの人々、これなりと申せは、御こしをかきすへ申、すなわちおりさせ給ひて、たちよらせ給へは、かのもうもくは、人をとのおゝきをきゝて、そはなるおけをさしいたし、もうもくのものにあわれみをあれと申けれは、しんわう此よし御らんして、さらにもとのかたちはましまさす、いろくろ」（十九オ）く、やせをとろへ給ふ事かきりなし、くひにかけ給ふ御まほりをひきあけ給ひて、御らんつれは、はゝはゆめにもしらすして、れいのしれものか、人のもちたるかたみのまほりをとるとよはゝりて、そはなるつえをとり給ふ、まもりを御らんつれは、ほうみやうとうしのかたみとあり、うたかふところなし、さても〳〵御ありさまいかなる事にて候そや、かやう」（十九ウ）に申ものこそ、ほうみやうとうしにて候へとおほせけれは、物くるひもおもふすちめあり、とし月こひしかりしほうみやうとうしにておはしますかとて、さうのてをさしのへて、いたきつき給ふか、もうもくのかなしさは、そはなる物にいたきつき給ふ、しんわう此御ありさまを御らんして、りうていこかれ給へは、はゝはしんわうにとりつき、御くひ」（二十オ）にいたきつき、こゑもおしますなき給ふ、御ともの人々、御ことはりなりとて、みなそてをしほり給ふ

しんわうすこし御心をとりなをし、何とてかやうにあさましき御すかたとなりはて給ふらんとおほせけれは、はゝこのよしをきゝ給ひて、あさましとは何事そや、うたての人の御心や、たとひせんりやうのこかねなりとも、百まんさいをたもつといふとも、思ひ」（二十ウ）子にたからをかへて、身をすくるならひや候、うらめしくもうせ給ひて、かゝる身となりはてゝ、御うらみのなみたつきしとて、うちふし給ふ、しんわうこのよしをきこしめし、御ことはりにて候、さりなから、御ためあしかれとてはからひ申さすとて、御なみたにむせはせ給ふ」（二十一オ）

書店（帖合）印

注文数

書名	出版社
説経稀本集 （84101）	和泉書院
	編者
	神戸女子大学 古典芸能研究センター

定価
本体3,800円＋税

注文　年　月　日

9784757608733

ISBN978-4-7576-0873-3
C3395 ¥3800E

〔挿絵　第五図〕（二十一ウ）

は、はしんわうの御そてをはなさす、とりつき、おほせけるは、此とし月、かみほとけにいのり申せししるしにや、かやうにゆめに見へ給ふやらん、さめてののちは、いかゝせん、たゝ此まゝにゆめのうちに、かひなきいのちとり給へと、りうていこかれ給へは、しんわう御なみたをとゝめ、われはちやうしやのもとへかひとられ、いけにへにそなへられしを、ふつしん三」（二十二オ）

ほうの御あわれみにより、おもわさるいのちなからへて、二たひまみへ申事のありかたさよと、かんるいをもよほし給ふ、かやうにの給へとも、はゝはもうもくの事なれは、御すかたを見給ふ事こそ、そのおもかけをもしろしめせ、なをもふしんにおほしめして、さらは、御すかたをさくりてみんとて、御かたより御くしの上まてさくり給へは、いたゝきにはこかねのほう」（二十二ウ）

くわん、やうらくをさけ給ふ、くらゐ（ママ）くわんたゝしく、有かたき御すかたなり、はゝおほせけるやうは、されはこそゆめなれ、我子のとうしならは、何ゆへにかゝるすかたにてあるへし、このゆめさむることなかれ、はなれましのとうしとて、御きぬのそてにひし〳〵ととりつき給ふ

しんわう、もつともにて候、さりなから、ちやうしやのなさ」（二十三オ）

けふかふして、よきにいたわり給ひて、あまつさへ、てんしのくらゐにのほりて候事、ひとへにはゝの御おんなり、さのみうたかい給ふへからす、さて〳〵、ちこくをうつし給ふましきなり、いそき大りへくそくしたてまつらんとて、めしたるたまの御こしに、いたきのせんとし給ふ、はゝ此よしきこしめして、おもひよらす、いやしきをんなの身」（二十三ウ）

として、てんしのめさるゝたまのこしにのらん事、中〳〵みやうかもおそろしや、のりたまわす、しんわうかさねておほせけるは、かやうのくらゐにのほる事も、ひとへにはゝの御おんなり、何しにさやうにおほせらるゝ、そとて、御こしにのせたてまつり、身つからかよちやうにのり給ふ、御ともの人々も

御こしのなかへにとりつき」（二十四オ）
給ふそありかたし、ほとなくみやこへつき給ふ、たかきいやしきをしなへて、
こにすきたるたからはなしと、見る人きくもの、かんるいをなかしけり
さて、しはらくは大りにおきたてまつり、さま〳〵いたわり給ふ、そのゝち、
御くしをおろさせ給ひて、御てらをたて、ねんふつさんまいのたうちやうに
とて、いまにこんきやうを」（二十四ウ）
こたらすとそ申ける、「三けん四めんのひかりたうを、ゐんぶたんこんにてた
て給ふ、これは、はゝのねんふつ申させ給ふへきしふつたうのため、くやう
には、ふるなそんしやをしやうし給ふ、ちやうもんの人々、かすをしらす、
三人ちやうしやをはしめて、かうへをかたふけ、ひさをくみ給ふ、色々さ
ま〳〵の御せつほうをはつてのち、しやうとの」（二十五オ）
三ふきやうをとき給ふ、みたによらひのこくらくに、九つのしなありといへ
とも、六しのみやうかうに、すきたるきやうなしと見えたり、さて又、ふも
おんしゆきやうのめいもんともをとき給ふゐは、ほんてん、たいしやくあま
くたり給ひて、しんわうらいし給ふ、そのとき、しんわう身を大ちになけ、
ねかはくは、しよてん三ほうの」（二十五ウ）
御あわれみをたれ給ひて、久しきはゝのす（ママ）うもくを、たちまちひらく事をゐ
さ（ママ）しめ給へと、かんたんをくたき、きせいあれは、まことにふつしんもあは
れにやおほしけん、ほんそんのひかり、いたゝきにさすと見へしかは、しゐ
て久しきりやうかん、たちまちひらき給ひけり、ありかたしとも中〳〵申は
かりなし
御くやうけつくわんしやうしゆしたまへは、ちやうもんの人〳〵、くわん」
（二十六オ）
きのなみたそてをひたし、をの〳〵かへりたまひけり、しんわうの御かこま
します事、ありかたさ申はかりなし
これと申も、おやかう〳〵をむねとし、御こゝろしやうしきに、しひの御心
さしふかき（ママ）よりて、おもはさる御くらゐにのほりたまひて、御はゝをもけん

せこしやうともにたすかり給ふも、この」(二十六ウ)
ものかたりをきく人は、おやにかう〳〵をもつはらとして、しひのこゝろを
もちたまふへし、しからは、げんせにては何事ものそみまんそくし、こしや
うにてはかならすこくらくにゐたらん事うたかいあるへからす、なむあみた
ふつ」(二十七オ)

『あいご物語』

あいご物語　中

阪口弘之

いたはしやわかぎみは。ぢぶつだうに入給ひ。御きやうよみておはします。これはさてをき月さよは。めんぼくをうしなひ。いそぎひめぎみにまいりつゝ。一々しだいにかたりける。みだいなを〳〵あこがれて。やぶらばやぶれいくたびも。すゞりれうしがなきかとて。かくもかゝれたり。日のうちにすきまなく。七つまでこそをくられけれ。七つめの玉づさを。わか君うけとり給ひ。いかに月さよ。此文をちゝの御めにかけ。がうもんにおこなふべしと。れんちうふかく入給ふ。

月さよ大きにおどろきいそぎみだいにまいり」(一オ)

此よしかくと申ける。ひめぎみは聞召。あきれはてゝおはします。此事くらんど殿に聞えなば。いのちうしなひ給ふべし。こよひぢぶつだうにみだれ入。あいごのわかをさしころし。みづからもじがいして。六だう四しやうのそのうちにて。此思ひをばはらすべし。月さよいかにと仰ける。月さよは承り。それがしたくみ出したる事の候。やいばの太刀からくらは。此御いゐのたからなり、みづからこよひぬすみ出し。わらはがおつとをたのみ。あき人にこしらへて。さくらの御もんをうるならば。きよひら殿御たづねあるべし。其ときにこれは二条のあいごのわかの。うらせ給ふと申ならば。あき人とがをのがるべし。日本にたぐひなきたからなれば。命をとら」(一ウ)

せ給ふべし。みだい聞召。一ねんむりやうこう。しやう〳〵せゝにいたるまで。五百しやうのくるしみをうけ。じやだうにしづみはつるとも。思ひかけたる此こひを。あはではてなん口おしや。にくき心のふるまひかな、ざんげんをたくめ月さよ。けさまではそなたより。ふきくる風もなつかしく。おほしめさるゝ此こひが。今ははらりと引かへて。心のおにとなりかはり。れんちうふかく入給ふ。

月さよおつとをよび出し。くだんの事をかたりける。心えたりといふまゝに。二つのたからをうけとりて。さくらのごもんにまいりつゝ。やいばの太刀からくらと。たからかにこそうりにけれ。きよひらは聞召。こなたへめせとの御ぢやうなり。承り候」(二オ)

〔挿絵　第一図〕(二ウ)

〔挿絵　第二図〕(三オ)

とて。二つのたからを奉る。くらんど御手をうち給ひ。これはいづくより出けるぞ。あき人承り、さん候、是は二条のあいごの若。うへにをよび給ひつゝ。うらせたまふと申ける。きよひらは聞召。あのあき人をうち出せ。うけ給ると申て。さんぐ〵にこそうちにけれ。さて其後きよひら殿。二条のやかたにかへらるゝ。

あはれ成かなわかぎみは。ぢぶつだうに入給ひ。御きやうよみておはしますが。ちゝごのかへらせ給ふを聞召。十日の御ばんまだすぎず。千くに百くに十くのはつのれんがにかけまけ給ひ。われにとはんと思召。かへらせたまふはぢぢやう也とて。くるまよせまで出給ふ。くらんどは御らんじていたはしや若君を。さんぐ〵にうち給」(三ウ)

ひ。御しよにかへらせ給ひける。

いたはしやわか君は。うたれてそこを立給ひ。さてもく〵なさけなや。はゝにはなれしおりふしは。くるまよせまで出ければ。おなじくるまにいだきのせ。をくれのかみをかきなで給ひ。はゝにはなれてあいごのわか。さぞやものうく思ふらんと。御ことのはにかゝりしも。うつればかはるよのならひ。今くる花にめがくれて。あいごしねとはなさけなや。これにつけてもわかれぬる。はゝ上さまのこひしやと。なく〱御しよに入給ふ。きよひらはらにすへかねて。いかにあいご。たとひたからをうるとても。やまと。かはち。いが。いせにてうるならば。かほどうらみはよもあらじ。なんぞやさくらのごもんにてうる事は。ぜんだいみもん」（四オ）のくせもの。ちゝにはぢをあたふるとて。むざんやなあいごのわかを。たかてこてにいましめて。さくらのこぼくにつりあげて。あいごがなはをとくものあらば。やかたにはかなふまじと。あらけなくいからせ給ひ。その身はだいりへまいらせ給ふ。

あはれなるかな若君は。かすか成こゑをあげ。此やかたにおちやめのとは候はぬか。あいごがとがなきありさまを。ちゝごにかたりて給れと。きえ入やうになき給ふ。くも井のつぼね月さよは。わらひこそすれ、いかでかは。なくをあはれむ人あらん。いつもてうあひなされける。てじろのさるは。しうのわかれをかなしみて。さくらのこぼくにのぼりつゝ。こてのなはをときけれども。ちくしやうのかなしさは。たかてのなはを」（四ウ）

〔挿絵　第三図〕（五オ）

とかずして。いよ〱くるしみまさりける。いたはしやわかぎみは。まなこもくらみきもきえて。ぜんごもさらにみえわかず。口よりながるゝちしほにて。身もくれなゐとなり給ひ。今をかぎりとみえ給ふ。

これはしやばの物がたり、こゝにあはれをとゞめしは。めいどにましますはゝ上也。ゑんま大わうの御まへにまいり。なみだをながしの給ふやう。わらはしやばに一人のわすれがたみをもちて候が。けいぼがざんにより。只今むなしく成申。少のいとまをたび給へ。命をたすけ申さんと。なみだと共に申さるゝ。ゑんま大わう聞召。わがくるしみはかなしまず。子ゆへのやみにまよふとは。御身が事を申かや。いかにみるめ。しやばにしがいがあるか見てまいれ。承」（五ウ）と申て御まへをまかり立。八万ゆじゆんのほこさきにのぼり。三千せかいを一めに見て。やがてわうぐうにまいり。けふむまるゝものはおほけれども。

しするものはなく候。し丶て三日になり候。いたちからだ斗候と申。ゑんま王聞召。いたちにしやうをかへてなりとも。しやばへかへりたきかとの給へば。みだい此由聞給ひ、わが子にあはんうれしさに。それにてもくるしからず。はやおいとまとありければ。ゑんまわうのつうりきにて。いたちにしやうをかへ給ひ。せつなが間に二てうの御しよの。花ぞの山へきたり給ふ。さくらのこぼくにかけのぼり。なはずん〳〵にくいきり給へば。しもにてさるがいだきおろし。いたちは大ぢにとひおり。あいごのわかのつまを引。いかにあいご」（六オ）むかしが今にいたるまで。いたち物いふためしなし。われはめいどのは丶なるが。ま丶は丶のざんげんにて。只今命とらる丶かなしさにゑんまに少のいとまをこひ。いたちのすがたにしやうをうけ。これまできたりてありけるぞ。つら〳〵ものをあんずるに。なさけなきはくらんど殿。みづからうきよになきとても。あいごにつらくあたり給ふ。心のうちのうらめしや。今くる花にめがくれて。ち丶には天まが入かはり。うきめを見するぞかなしけれ。此御所にあるならば。つゐには命とるべきぞ。これよりひえの山。さいたう北だに。その丶あじやりと申せしは。わらはがためにはあにごなり。あいごがためにはおぢご也。おぢをたのみかみをそり。御きやうを」（六ウ）

〔挿絵　第四図〕（七オ）

もどくじゆして。は丶がぼだいをとふてたべ。なごりおしくは思へども。めいどのつかひしげければ。もはやかへるぞあいごとて。きなるなみだをながしつ丶。草むらにかくれうせ給ふ。

いたはしやあいごの若。草のみどりをおしわけて。なふいかには丶ごさま。今一たびあいごとて。ことばをかはさせ給へとて。きえ入やうになき給ふ。されどもかなはぬ事なれば。とかくなげきてかなふまじ。は丶のおしへにまかせつ丶。ひえの山にのぼらんと。その日のくる丶をまち給ふ。

すでにはや入あひの。かねつくころもときすぎて。よものこずゑもみえわかぬに。ひえの山へぞのぼらる丶。くらさはくらしあめはふる。ゆきがたさら

にみえわかず。みなみをはるかにながむれば、」（七ウ）
ともしびかすかにみえにけり。此ひをみちのたよりにて。はる〴〵くだりて
見給へば。しづがいほりぞ候ひける。しばのあみどをほと〳〵とたゝき。わ
れは都のものなるが。此やみのよにみちをまよひ。ぜんごもさらにわきまへ
ず。一夜のやどをかし給へと。なみだと共にのたまへば。さいく聞て。なぎ
なたのさやはづし。ふうふもろともきつて出。何ものならんとひしめきける。
いたはしや若君は。なみだをながしの給ふやう。なふいかにかた〴〵。さの
みおどろき給ひそよ。今は何をかつゝむべき。二条くらんどきよひらのそう
りやう。あいごの若とはそれがし也。まゝはゝのざんそうにて。ひえの山に
のぼるなるが。くらさはくらし雨はふる。行方」（八オ）
さらにわきまへず。あはれとおほしめすならば。一夜をかして給れと。さも
あはれけにの給へば。さいく此よし承。さては二条のくらんどの。あいご様
にてましますかと。長刀をからりとすて。御ゆるし候へと。やがていほりに
しやうじつゝ。うすのうへにといたをしき。あらこもをのべしきて。若君様
に奉り。よねとり出し、かも川のながれにて。七どきよめ、かはらけに入。
わかぎみにこそまいらせけれ。此御代よりも神のまへのきよめには。あらこ
もをしくとかや。
よあけのかねもはやなりぬ。とく〳〵御出候へとて。さいく御とも仕り。四
条かはらを立出て〔゜とカ〕どをらせ給ふはどこ〳〵ぞ。ぎをんばやしをうちすぎて。
こひしきはゝごにあはた口。おはら。しづはら。せりやうのさ」（八ウ）

〔挿絵　第五図〕（九オ）

と。たれも恋せばやせのさと。しどろもとろとゆくほどに。ふきあげ松に付
給ふ。
いかにわか君さま。あのたか札を御らんじ候へ。一には女人きんぜい。二に
はさんびやうじや。三にはわれら一ぞく。さいくきんぜいとかきて有。これ
より御供はかなふまじ。はやおいとまとぞ申ける。あいごのわかは聞召。よ
し〳〵それもくるしからす。そつのあじやりへまいるといはゞ。さしてとが

むる人あらじ。山まで御供仕れ。さいく此由承り。仰にては候へども。いやしきものにて候へば。只おいとま申とて。さらば〳〵のうきわかれ。なごりおしさはかぎりなし。

若君は松のこかげに立より給ひ。くどきごとこそあはれなれ。たれやの人の筆とりて。さいくきんぜいとかきけるぞ。あらなさけなのしだいとて。なく〳〵山に上らるゝ。

たに川わたりそは」（九ウ）を行。草ば〳〵をわけて入。みねにさはたるさるのこゑ。心ほそさはかぎりなし。いそがせ給へば程もなく。さいたう北だに。あじやりの御門に立より給ひ。ほと〳〵とたゝかれたり。

たそや此やちうに。あやしやととがむれば、いやくるしうも候はず。都二条きよひらのそうりやう。あいごがまいり候と。かみへ申てたび給へ。ばんのもの共うけ給り。あじやりにかくとぞ申ける。

あざり聞召。都のあいごはじめて山へのぼるならば。こしくるまのかず〳〵あるべし。見てまいれとの給へば。承ると申て。門おしひらきみてあれば。十二三のちご只一人。すご〳〵と立給ふ。此よしかくと申上る。

あざり大きにいかり給ひ• さては北だにの大天ぐ• みなみだにの小天ぐが• あざりが行力ひきみんため• こよひきたるとお」（十オ）

〔挿絵　第六図〕（十ウ）

ぼえたり。門よりそとへおひ出せ。承ると申て。わかきほうしら立出。さん〴〵にぞうつたりける。

いたはしやわか君は。あらけなくもうちふせられ。きもきえ〳〵とよはりはて。とある木のねにひれふして。くどきごとこそあはれなれ。かくあるべしともしらずして。はる〳〵山にのぼりつゝ。むなしくならん口おしや。今はこきやうへ立かへり。ちゝの御てにかゝりつゝ。命をすてんと思召。ふもとをさして下らるゝが。さすがおぢごのてらなれば。なごりおしくや思はれけん。寺ののきばのかくるゝまで。ふりかへり見給ひ

て。さかもとさしてぞくだり給ふ

中終」(十一オ)

あいご物語　下

さるほどにあいごの若。山みちにふみまよひ。ゆきてはかへりかへりては行。しづがおだまきくりかへし。めしたるきぬはいばらかれきに引かけて、おところのごとくみえ給ふ。山ぢに三日まよはるゝ。三日めのくれがたに。しかのたうげに出給ひ。木のねをまくら。こけをむしろ、いはほをひやうぶとし給ひて、ぜんごもしらずふし給ふ。心のうちこそあはれなれ。これはさてをき、あはづのせうに。はたの介がきやうだいは。都へしやうばいにのぼるとて。此わか君を見まいらせ。まよひのものかけしやうのものか。なのれ〳〵」(一オ)

〔挿絵　第一図〕(一ウ)

〔挿絵　第二図〕(二オ)

と申ける。若きみかつばとおき給ひ。なふいかに人々。われは都のものなるか、まゝはゝのざんにより。かくまよひ出て候と。なみだとともにの給へば。せんぢよ聞て。都にてはたれ人のごしそくやらんととひければ。あいごの若は聞召。今はなにをかつゝむべき。二条のくらんどきよひらのそうりやう。あいごのわかとはそれがし也と。はじめおはりの事共を。くはしくかたらせ給ひつゝ。きえ入やうにぞなき給ふ。きやうだいなみだをながしつゝ。さてもく〳〵いたはしや。山に三日ましまさば。うへにつかれ給ふらんと。かしはのはにあはのめしをおしわけて。若君に奉る、その御代より心ざしは。木のはにつゝむと申也。わかぎみは御らんじて、い」(二ウ)かに人々。なをばなにと申ぞや。せんぢよ承り。これはきよすのはんとも申也。若君は聞召。なににてもあらばあれ。只今の心ざし。しやう〳〵せゝにもわすれがたしと。あはづがはにながさるゝ。さてきやうだいのもの共は。

なごりおしくは候へども。都へまんざうくしにのぼり候。かさねて御めにか丶らんと。なみだとともにわかれしは。なさけふかくぞ聞えける。あはれなるかな若君は。ねのびの松を引もちて。しがのうみべにうへ給ひ。松にせみやうをふくめ給ふ。あいごよにいでめでたくは。えたにえたをさしさかへよ。わらはむなしくなるならば。松も一本。はも一つ。しがからさきの一松とよばれよと。なみだとともにあなふのさとに出」（三オ）給ふ。

ころはう月のすゑつかた。あるいゑのそのに。さもゝのみのなりたるを。わか君は御らんじて。さても見事の此もゝやと。一つてうあひなされける。内よりうばが立出て。われだにとらぬ此もゝを。いたづらなるちごやとて。つえふりあげてうちにける。

むざんやなわかぎみは。御ちじよくとやおぼしけん。あさの中にかくれ給ふ。折ふしあらしふきとをり。あいごのすがたをあらはしけり。もゝのにこうがこれを見て。もゝをとるだにはらのたつに。あさまであらすはら立やと。又つえとつてうちたゝき。わがやをさしてかへりけり。

いたはしやわかぎみは。あなふのさとにもゝなるな。あさはまくともをにな るなと。いひをき給ひしとき」（三ウ）

〔挿絵　第三図〕（四オ）

よりも。花はさけどももゝならず。あさはまけ共をにならす。とてもうきよはゆめのまの。只まぼろしのごとく也。うき身をなげんと思召。こゝやかしことし給へば。きりうがたきに付給ふ。

春にをくれしをそざくら。今をさかりとさきみだれ。にほひをさそふやま風に。つぼみし花が一ふさちりて。君のたもとに入にけり。わか君は御らんじて。さてもさとれる此花や。ちりたるはなはゝ上様。さきたる花はちゝご也。つぼみし花はあいごなり。うらみの事がかきたやな。すゞりれうしもあらばこそ。ゆんでの小ゆびをくいきり。いはのはざまにちをためて。やなぎのえだを筆となされ。こそでのつまにうらみかす〴〵かきとゞめ。一しゆの

う」（四ウ）
たにうらみをのべて。かくこそゑいじ給ひけれ
　かみくらやきりうかたきに身なぐると　かたりつたへよすぎのむらだち
とかやうにつらね給ひつゝ。にしにむかひて手を合せ。なむやさいはうみだ
によらい。むかへさせ給へとて。これをさいごのことばにて。御年十五と申
せしに。きりうがたきに身をなげて。ついにむなしくなり給ふ。
これはさてをき、ひえの山のほうしばらは。すぎにかゝりしこそでを見て。
ふしぎやと思ひ。立よりみればちごのむなしくなりたる也。いそぎこそでを
とりもたせ。ちうだうにのぼりつゝ。かねたいこをうちならし。一山のちご
をそろへみれども。うせたるしるしはなかりけり。あじやりに此」（五オ）

〔挿絵　第四図〕（五ウ）

〔挿絵　第五図〕（六オ）

由申上る。あじやり御らんじて。これは二条きよひらがもんにてあり。さて
はいぜんのちごは。あいごのわかにて有けるか。此こそでを二条へもつてま
いるへし。承り候とて。御まへをまかり立。いそぎ二条にまいりつゝ。御小
袖を奉り。ほうしは山へぞかへりける。
さて其後にきよひら殿。こそでの哥をよみ給ひ。これは〳〵との給ひて。り
うていこがれなき給ふ。御なみだのひまよりも。くどき事こそあはれなれ。
かぜのそよとふくまでも。あいごをつれてまいるかと。心ほそくも思ひしに。
おもひのほかに引かへて。かた見を見るは何事ぞと。人をうらみ身をかこち。
御なげきはあさからず。
さてかの小袖の下づまを。うちかへし見給へば。うらみの文をかき給ふ。ま
づ一ばんの筆だてに。ちゝごさまの」（六ウ）

〔挿絵　第六図〕（七オ）

御ぞんじなきはことはり也。まゝはゝごぜんのみづからに思ひをかけ。その
恋がかなはぬとて。いろ〳〵のざんそうをたくみ。あいごうしなはんとし給
ふゆへ。やかたにもたまられず。えいざんに上りしが。なさけなくもあじや

りの御ばう。われをさん〴〵にうたせらるゝ。それより四条川原のさいくふうふがなさけの程。しやう〴〵せゝにもわすれがたし。またはたの介きやうだいか心ざしのふかき事。ふでにもいかでつくすべき。まんざうくじをゆるしてたべ。あいごのわかとかきてあり。

くらんどは御らんじて。たはたの介きやうだいは。いかなるなさけをかけけるぞ。こなたへめせとの御ぢやうなり。承ると申て。御まへにまいりける。清平たいめんなされ。いかにきやうだいあいごがおんをほうぜんとて。まんざうくじを」（七ウ）

ゆるすとて、御はんをこそは下されけれ。かたじけなしとて御前をたつさる間、清平殿。あいごがかたきをめのまへにをきながら。しらでくらせしむねんさよと。雲ゐのつぼねをすまきにし。月さよもからめとり。二人のものをくるまにのせ。都のうちを引わたし。其後、かもとかつらのおちあひ。いなせがふちにしづめける。

さてそれよりも清平殿。あいごがかたきへおはしける。ふしぎやなわか君のしがい。なみまにうかんでみえけるが。其まゝしづみてあともなし。清平は御らんじて。ひえの山へつかひを立給ふ。

あじやり大きにおどろき給ひ。御でしたちを引ぐして。きりうがたきへ出給ひ。くらんど殿にたいめんある。事のよしをかたり給へば。あざり聞召。ごまのだんを取下し。一ざ二ざまでたき給ふ、」（八オ）

〔挿絵　第七図〕（八ウ）

さらにしるしあらされば。じゆすさら〳〵とおしもみて。とうばうがう三ぜ明王。なんばうぐんだりやしや明王。さいはう大ゐとく明王。ほつはうこんがうやしや明王。中わう大しやうふどう明王と。くろけふりを立ていのり給へば。ふしきやないけのおもに。くろ雲一むらまひさがり。十六ぢやうの大じや。あいごのしがいをかづき上。だんの上にぞをきにける。あらはづかしやかりそめに。此君に思ひをかけ。つゐには一ねんとけてあり。あざりの行力つよきゆへ。只今しがいをかへすとて。なみのそこにぞ入にける。身のけ

もよだつ斗也。おぢのあざりも清平も。あいごのしがいにいだきつき。きえ
入やうになき給ふ。
おつるなみだのひまよりも。うきよにありてかいもなし。おなじみくづとな
らんとて。清平たきにとび入給へば、」（九オ）

〔挿絵　第八図〕（九ウ）
〔挿絵　第九図〕（十オ）
〔挿絵　第十図〕（十ウ）
〔挿絵　第十一図〕（十一オ）
〔挿絵　第十二図〕（十一ウ）
〔挿絵　第十三図〕（十二オ）

あじやりをはしめ奉り。でしとうじゆくにいたるまで。みな〱たきに身を
なぐる。もゝおしみのうば。たはたの介兄弟も。同しくたきに身をなぐる。
てじろのさるもたにゝ入。さいくふうふはからさきの。松はあいごのかた見
なれば。いざやこゝにて身をなげんと。うみにとび入むなしくなる。あじや
りをはしめ奉り。上下百八人と聞えけり。
みなみだにの大僧正。此由を聞召。ためしすくなきしだいとて。さんわうご
んげんといはひ給ふ。此宮の御まつり。四月のさるの日也。二つあれぱ後の
さる。三つあれば中のさるに。えいざんよりも三千ばう三ゐ寺よりも三千坊。
上中下さかもと。廾一村のうぢ子共まつりごとをぞはじめける、わがてうに
かくれなき。さか本の山王とて。あふがぬ人こそなかりけれ

靏屋喜右衛門」（十二ウ）

『つほさかのさうし』

阪口弘之

抑やまとのくにつほさかと申ところに、ある人のひめきみ一人ましますか、父にわかれさせ給ひて、朝夕なけかせ給ふ事あわれなり

あるときたんきせつはうにまいりてちやうもんし給ふに、わかみをうりてもちゝはゝのほたひをとうへしときゝ給ひて、あわれわか身をかう人有かしとねかゐ給ふところに、おりふしちゝの拾三ねんにあたる折から、人かひあき人よはりてとうりけるやうは、廾より内にてなん」（一オ）によのかたらひなき女子あらは、あたひこきらすかい申さんとよはりてとをりける、かのひめきみこれをきこしめし、つかいにて申さはおそかりなんとおほしめし、めん（ママ）にたちいて給ひて、いかにあき人、わか身をかい給へとおほせけれは、あき人うけたまわりて、ひめきみを見たてまつるに、すかたをみれは秋の月、かたちを見れは春のはな、しゆはら十のゆひまても、るりをのへたることくなり、あき人やかて」（一ウ）こかねを千両わたし申せは、ひめきみはなみたともろともにうけとり給ひて、いかにあき人、三日のいとまを給候へとおほせありて、はゝのやかたへ御かへりあつて、はゝきみにおほせけるやうは、こかねとやらんをみつけてまいりそろ、これをしろかへさせ給ひて、ちゝのとふらひめされ候へとおほせけれは、はゝきみきこしめして、たゝ人はおんなこなりともこおはもつへきものなり、されは子をもん（ママ）たる程のたか」（二オ）らはよもあらしとて、やかてこかねをうり給ひて、ちゝの拾三ねんのとふらひし給ふ事はありかたくこそ候へ

すなはち三日もすきしかは、あき人きたりて申やう、ひめきみはや〳〵御いそき候へと申けれは、その時ひめきみ、はゝうへにおほせけるは、さくしつのこかねおは我身にかへて候程に、たゝいまかの御あき人とともなひ申ゆき候なり、もし又つゆのいのちのなからへてまかりいてゝ、いつくのくにのゝすへやまのお」(二ウ)

くよりも、風のたよりにおとつれお申へし、たゝ一ゑにおもひきり給ひとおほせけれは、はゝ君このよしきこしめし、こわそもゆめかうつゝか、いきたるはゝおふりすてゝ、しゝたるちゝのためとして、身おうり給ふ事、一ゑにありかたき事なりとて、てんにあこかれぢふしてなけかせ給ふ事かきりなしさりなからひめきみは、たひのこしらへをめされ、はきもならはぬ八おのをしめ、あしは大きにはれ」(三オ)

させ給ひて、みちはちしほとなり、くれなゐのあけにそうたにはことならす、百廾日のみちをふませ給ひ、ひめきみは一しゆのうたをゑいしけり

あととうとそのたらちねの身おうりてうるもうかむもなみたなりけり

又一しゆゑいしけり

我たにもゆくへきみちおしらさるになとやなみたのさきにたつらん

と、か様にゑいしさせ給ひて、やう〳〵あき人のしゆくしよにつかさせ給ふあき人はひめきみを」(三ウ)

なをし申、さんかいのちんふつこくとのくわしをとゝのへ、やゝあつて申やうは、ひめ君さま、御みおこれまてたかくにかいくたし申事、へちのしさひにあらす、むかしよりこのくにのならひとして、としに一とのまつりあり、有人ゑをそなへ申なり、されはとうねんはそれかしかはんにあたり候か、それかしもひめを一人もちて候へとも、ひとり子の事なれはいかにもふひんさのまし、ひめか身かわりにたて申さんかためにて」(四オ)

これまてかゐくたし候なり、このうへは一ゑにおもひきり給へと申けれは、ひめきみこのよしきこしめし、あき人の我身をかい給ふゆへに、ちゝのほたひをとひ候へは、このよはわつかのすまいとて、ちゝほたひのためなれは、

つゆのいのちもおしからすとおほせけれは、上下萬人おしなへてそてをしほらん人はなし

さる程にまつりの日にもなりぬれは、ひめきみに十二一ゑをきせ申、これよりひかしにやまあり、やまの」（四ウ）なかにいけあり、いけの中にしまあり、嶋の上に七ちやうにたかたなをつり、ひめきみを御とも申けれは、そのくにのしゆこ、そのさとのちとうまんところ、とうちしやくなんによにいたるまて、そてをしほらん人はなし

されはひめきみをたなにおきたてまつれは、いぬいのすみよりさゝなみたつて、八さいの大しや、十六のつのをふりたて〳〵、ひめきみを一くちにのまんとて、れうかんのみれは日月のことし、くれないの」（五オ）やうなるしたをぬきいたし、まことに身のけもよたつはかりなり

そのときひめきみおほせけるやうは、いかに大しやも心あれはこそ、いまの時日をしつてきたりたらんや、ちゝのおくりのほけきやうを一ふはたのまほりにもちて候をとくせんと有けれは、そのとき大しやもしたをひきいれければ、一のまきはちゝのため、二のまきはゝのため、三のまきおは我身のため、四のまきおはあき人のため、されはあき人は我」（五ウ）身おかい給ふゆへに、ちゝのこしやうをといたる事なれは、けん世あんおんこしやうせんしよとゑかうし給ふなり、五まきのたいはほんはりうによしやうふつの御きやうなり、しかれはもんにいわく、一しやふとくさほんてんわう、二しやたいしやく、三しやまわう、四しやてんりんしやうわう、五しやふつしんこんかによしんそくとくしやうふつとゑかふめされて、つのゝうへになけかけ給へは、十六のつのもはらりとおち、その」（六オ）ときに大しや申けるは、このいけにすむ事はいま千ねんなり、人をふくする事は九百九十九人なり、いま一人ふくすれは千人にたるへきところに、かゝるやさしきひめきみにあひたてまつり、御きやうをちやうもんしたるかゆへによりて、しやとうのくるしみをよかれなれて給て、大しやはいけに入、こかねを千両いたきあけ、ひめきみにたてまつる、たゝいまの御きやうのふせ

にまいらせ候なり、又御身」（六ウ）
のくにへは百廾日のろしなれとも、わらわかはうへんをもつて、せつなのあ
ひたにおくりつけ申
大しやはすなはち大和のくにつほさかのくわんおんとなり給ふ、そののち姫
きみはちくふしまのへんさいてんとあらわれ給ふ、むかしもいまも中ころも、
おやかう〳〵の人々は、けんせあんおんこしやうせんしようたかいなきなり、
竹生嶋のゑんきの事、かくのことくなり給ふ」（七オ）

解題篇

『〔くまの丶本地〕』

ベルント・ヨハン・イェッセ

フランクフルト市立工芸美術館蔵、目録番号12782（a、b）

装幀、奈良絵本、横本、上下合一冊。鳥の子紙袋綴。十七・五×二十七。

表紙、江戸中期の改装本。藍染地に白点、飛雲に絞染風の片輪車（カ）模様（型染カ）に、元縦本表紙の綴目、題簽の痕が見える。見返しも当時のまま白地単紙。

本文、字高、約十三・五。本文丁には、手ずれの痕があるが、虫食いは少ない。

内題外題、ともになし。

丁数、上二十六丁、下二十二丁。

行数、十五行。

字数、一行約十二字―二十字。

挿絵、上八図、下八図（全て片面）。

備考、第一丁表の右下に所蔵印（朱陽刻印）があるが、薄いために判読不能。下巻の末尾に「土佐守光元筆」と記す奥書があり、その下に、円形の朱印記がある。書写の年代は、元和期の末以前であろう。

本書の本文系統は、松本分類（松本隆信氏「増訂室町時代物語類現存本簡明目録」『御伽草子の世界』三省堂、一九八二年）の〈一・ハ〉チェスター・ビーティー図書館蔵本（大三冊、下巻失）や、〈一・ニ〉徳江元正氏蔵の写本（三冊）本文に近い。

本書の数多くのモチーフは他の「熊野縁起」（熊野の本地）の奈良絵本にも

認められるが、それらが正確に継承されたか否かという問題は、今回の研究範囲をこえることであろう。近年、日本中世文学者の発表する比較文学的研究の論文を読むにつけても、由来の不明なモチーフの数が少なくなれば、松本氏の八分類がより整理されることになろう。とりわけ、互いに補足し合う二系統の本文を引用し、接合した継ぎ接ぎ風の流布本の刊本の成立を見るにつけ、これら刊本を含めた諸本本文の調査が必要であろう。

日本の本屋の歴史の初期については、未だ不明な点が多い。原本に接しての本文の詳細な調査には限界があり、装幀を直接調査することもなかなかできるものではない。この状態は、研究にとって望ましいことではない。古文献の閲覧が制限されている今日、より詳しい目録、絵画大成、コロタイプ版は、比較研究には必要である。絵巻物・奈良絵本・古版本を元本とする日本中世短編小説の世界には、理めうべき空白が未だ多いのである。いずれにしても、未知なるものへの冒険を楽しめる者は、メルヘンを友とする人より他にないであろう。

【解題追補】

『熊野の本地』は、本文が多岐に亘り、その諸本分類にも困難が伴うが、本書の場合は、寛永整版本を始発に、その系統本が近世に板本として広く流布した版本系本文をもつ。しかし、寛永整版本などに直接繋がるものではなく、この系統本として早くに紹介された徳江元正本（写本一冊。伝承文学資料集第一輯『神道物語集㈠』三弥井書店、一九六六年所収）に近い。そして更にそれよりもなお近似の関係にあるのが、チェスター・ビーティー本（奈良絵本上中二冊、下冊欠）や東京芸術大学本（模本絵巻）である。松本分類では、このうちチェスター・ビーティー本が第一類ハ、徳江本が同ニに分類されている。後者の徳江本には多くの本文省略や錯誤がみられ、こうした点などもあって、チェスター・ビーティー本とは別立てになっているが、東京芸術大学本をも含めて、これらは同一群とみてよいであろう。

そこで今、チェスター・ビーティー本と比較対照しながら、本書の特色をみてみると、その近さは用字にまで及ぶ。むろん両者には本文出入りもあり、直接の親子関係、兄弟関係にあるのではない。しかし、その近さは共通する祖本系統の本文用字までをも推測させるところがある。そのような事例は枚挙に暇もないが、一例を示せば次のごとくである。

㋫六年と申し神無月　に、大わう御心をすまし覚　しめすやう、扨　も丸
㋠六年と申申かみな月に、大わう御心をすましおほしめすやう、さても丸

㋫は后　千人とこそ思　ふに、いま一人はいつくに有やらんと、せんき
㋠はきさき千人とこそおもふに、いま一人はいつくにあるらんと、せんき

㋫なり。あめの大臣　そうもんし給ふは、是　よりにし、　せんぢやう
㋠なる。あめの大しんそうもん申給ふ、　これよりさいはう、せんちやう

㋫の松原　と申所　に、ごすいてんとてわたらせ給ふなりと申あけ
㋠のまつはらと申ところに、五すいてんとてわたらせ給ふなりと申ありけ

㋫れは、
㋠れは、

（注、㋫＝フォーレッチ本　㋠＝チェスター・ビーティー本を示す）

右のうち、「にし」「さいはう」は祖本系に「西（西方）」とあったものが枝分かれしたものであろうが、「し給ふ」と「申給ふ」の異同は、祖本の「し」の字を、チェスター・ビーティー（系）本が「申」と読み違えたものである。このことが「六年と申申かみな月に」という奇妙な本文にも現れた。しかもチェスター・ビーティー本は、「六年と申／申かみな月に」と、「申」の二文字の間で丁移りがあり、チェスター・ビーティー本段階でこの写し誤りが生じた可能性も考えられる。同様に「申ありけれは」の「り」も

仮名字体の近さから見て、これも「け」を「り」と誤写したものと想定される。

その他、「我ら」(二ウ)「我〳〵」(前が本書、後がチェスター・ビーティー本。以下、同じ)、「いのりころさん」(九オ)「いのちころさん」、「かきくとき」(二十八ウ)「なきくとき」、「せんこく」(二十九ウ)「をんこく」など、皆その例で、「わうし」(同)「わか君」も「う」と「か」の判断違いに起因するものである。

また、「生きたる人」「生ある人」、「本尊」「ほそん」、「ちかはせ」「たかはせ」などは、前掲の「西(西方)」と同じく、祖本類に漢字であったものを両本系が書き分けた結果である。

このように、両者はあたかも兄弟関係にある程の近さを示す。しかし、時に大きく離れた異文箇所も認められる。とりわけ巻末、あるいは挿絵直前個所等で、比較的大きな異同が目につく。祖本を忠実に書写してきた写し手が、右の巻末や挿絵直前個所では、散らし書き等をもって本文の収まり具合に意を払ったようであるが、それらの工面でも紙面の落ち着かない場合等には、時に独自の判断から依拠本文に加除変更をなすということもあったのであろう。奈良絵本系の同類本文での異文は、そんな書写の場からも生まれたかと推測する。

そうした点に関していえば、徳江本も絵巻か奈良絵本を写して生まれた一本と思量される。根拠は、次の歌の第四句と第五句が他本とは入れ違いになっている点にある。徳江本には、「なるのはかせ↓ならのはかせ」「猿の上洛↓猿の上路」「一せつたしやうのたうり↓一さい多生の道にまかせ」といった誤写が目につくが、次の歌の場合は、依拠本の散らし書き順序を読み違えて、異文が生じた(㊕=徳江本)。

郭公きくはかりにて知らさりししての山路をいそきもそする

↓㊕郭公きくはかりにて知らさりしいそきもそするしての山路を

この書写段階での異文の発生は、チェスター・ビーティー本に於いても確認できる。こちらは、依拠本が絵巻とか奈良絵本といった特定はできないが、写し手の目移りから脱文が生まれている。こうした脱文や脱字、誤字等は書写本では常につきまとうものであり、フォーレッチ本もまた然りで、冒頭述べたように、フォーレッチ本はチェスター・ビーティー本、徳江本、東京芸術大学本と同一群に位置づけられる。ただし、そのことは、これら諸本が兄弟関係にあるということではない。一例のみ示せば、徳江本の中巻冒頭箇所では、徳江本はチェスター・ビーティー本とは近いが、フォーレッチ本は、ごすいでん母子の命を取るよう、武士に命じる主語が異なる。フォーレッチ本の場合、命じるのは「大臣達」ではなく、「后たち」であり、物語内容の印象にも違いを生じるであろう。その異文がどうして生まれたのか、右の諸本群本文からは想定しにくい。フォーレッチ本の出現が、更なる類本探求を要請する如くである。

㊢扨も其後、大王は大臣を召て、誠にふひんなる事かな、我心にもまかせぬ事とてもかなわぬ物ゆへ、深くおもひをさせんよりは、御水殿をうしなひ申せよ、勅命なり、大臣達もいまはと思はれしかとも、勅定成けれは申事なく、武士を召出し、此由申付、いかに武士よ、御水殿王子御懐妊ましませ共、此王子悪王子に而ましませは、御誕生あらんうち母御もろともうしなひ奉るへし、

（伝承文学資料集第一輯『神道物語集㈠』）

㋫其後、大わう、大臣をめされ、誠にふひんなる事なれとも、我心にもまかせぬ事なりとて、ごすいてんに行幸ならす、后たちはもの、ふをめし出して申させ給ふやう、いかにもの、ふともうけたまはれ、ごすいてん、わうしくわいにんましませとも、此子あくわうにてましますあひた、御たんしやうなきさきに、母もろともにうしなひ奉るへしとのせんしなり、

（阪口弘之補）

『ほうめうとうし』

ジョン・シュミットヴァイガント

フランクフルト市立工芸美術館蔵、目録番号12787a–c

装幀、横本、袋綴じ、三冊。十六×二十三・二。
表紙、紺紙で、模様なし（原表紙ではないらしい）。
内題外題、ともになし。
題簽、三冊とも銀箔散しの題簽あり。
丁数、第一冊十九丁、第二冊二十四丁、第三冊二十七丁。
行数、十四行。
料紙、間に合い紙、行頭に「針穴」あり。
挿絵、第一冊六図、第二冊三図、第三冊五図（全て片面）。

本書は、フランクフルト市立工芸美術館フォーレッチコレクション蔵、二十五編に及ぶ奈良絵本群の一編である。「法妙童子」の奈良絵本の縦本はいくつか現存するが、横本で完全に存在するものはフォーレッチ本だけである。挿絵の構図とスタイル、装幀の特徴などから判断すると、十七世紀後半、奈良絵本が量産された時代の製作らしい。一部の挿絵が、もともと貼ってあった料紙から剝がれて、裏面に「ほうめうとうし七」などのような、挿絵の順番の覚書と思われる文字列が覗いているから、少なくとも挿絵の方は、本文と別の工房によって作られ、あとで組み合わせられたと推測できる。本文の方には、文字を消してから、または消さないでそのまま書き直した所が何箇所も見られ、絵の構図と全体の装幀もやや荒っぽい印象を残す。各行の行頭の辺りに、小さな「針穴」が開けてあるのは、行頭の位置を等しく整える為のようだが、上記の特徴とともに、合理化された大量生産の製本過程の結果と考えればよいだろう（「針穴」の現象については、渡辺守邦・篠原桂氏「奈良絵本の針見当」『実践国文学』50、一九九六年十月参照）。

尚、三冊共に、「雁半」という、旧所有者によると思われる黒い印があり、第一冊の場合は、本が頻繁に使用されたためにできた汚れの下に、僅かにしか見えないことから考えると、この印が随分古いものであると推測できる。

「法妙童子」は以下の伝本の現存を確認できた。

・写本

※個人蔵「法明童子習紙」一冊写本。慶長七年奥書有り。翻刻と影印は山田忠雄氏編『山田孝雄追憶史学語学論集』（宝文館出版、一九六三年）所収。

※天理図書館蔵「いけにえ物語」一冊写本。「近世中期頃」（『室町時代物語集』第四、井上書房、一九六二年掲載「法妙童子」解題参照）。翻刻は『室町時代物語大成』第二（角川書店、一九七四年）所収。

※慶應義塾大学附属研究所斯道文庫蔵「法妙童子因縁」（内題）一冊写本。明和八年奥書有り。

・奈良絵本

※国文学研究資料館蔵「ほうみやう童子」三冊奈良絵本。一部の研究者は別の本として挙げられる「関本」と同一のもの。近世初期の特大本（国文学研究資料館編『開館特別展示目録』5、一九八一年参照）。翻刻は、山田忠雄氏編『山田孝雄追憶史学語学論集』所収。

※西尾市岩瀬文庫蔵、二冊横型奈良絵本（下欠く）。十七世紀後半。

※フランクフルト市立工芸美術館蔵、三冊横型奈良絵本。十七世紀後半。

※米国議会図書館蔵「ほうみやう童子」三冊奈良絵本。特大本。「江戸中期頃」（辻英子氏『在外日本絵巻の研究と資料』笠間書院、一九九九年参照）。翻刻と解題は同書掲載。

※大阪青山短期大学蔵「ほうみやう童子」三軸絵巻。「江戸初期」「寛文・延

宝頃か」（『大阪青山短期大学所蔵品図録』第一集、一九九二年参照）。

※個人蔵「法妙童子」三冊奈良絵本。特大本。神田古本祭編『特選古本即売展示目録』（一九九九年）参照。「寛文頃」（徳田和夫氏の指摘と調査による）。後に『中野書店古書目録』八十六号（二〇〇三年）に再録。

・板本

※長尾七郎兵衛版「法妙童子」三冊絵入板本。寛文八年版。翻刻は『室町時代物語大成』第十二（角川書店、一九八四年）所収。大阪府立中之島図書館、フランクフルト市立工芸美術館など所蔵。

※［キョウ］兵衛版「法妙童子」三冊絵入板本。寛文十年版。大東急記念文庫、東京大学霞亭文庫など所蔵。

※松会版「法妙童子」三冊絵入板本。寛文頃。国立国会図書館、国文学研究資料館蔵。

※西村屋伝兵衛版「ほうめう童子」二冊絵入板本。正徳三年版。東京大学霞亭文庫、大東急記念文庫、国立国会図書館など所蔵。

現存する伝本の詞章は大きく二つの系統に分けられる。一つは、慶長七年写本・岩瀬文庫奈良絵本・天理図書館写本を含む古い系統で、もう一つは寛文八年以降出版された全板本と明和八年写本を含むそれである。そして、フォーレッチ本は、詞章がほぼ一致している米国議会図書館本とともに、両系統を組み合わせた、割と新しい系統に属すると思われる。その本文はいまだ部分的にしか確認できなかったが、大阪青山短期大学蔵絵巻と個人蔵三冊特大本奈良絵本（神田古本祭編『特選古本即売展示目録』『中野書店古書目録』掲載）も、詞章はフォーレッチ本・米国議会図書館本と系統を同じくすると推定できる。

挿絵の方は、フォーレッチ本の構図には板本、特に寛文十年［キョウ］兵衛版の影響が窺われるにも関らず、挿絵の全体のスタイルは、詞章が別の系統に属する岩瀬文庫横型奈良絵本のそれと酷似し、同工房の製作である可能性は高い。

『あいご物語』

阪口弘之

阪口弘之蔵

あいご物語（中下）

　草子、絵入大本中下二冊、ただし合綴。上巻は欠。

装幀、大形本。中巻（二十七・二×十八・七）、下巻（二十七・一×十八・四）。
　美濃紙袋綴。改装。

表紙、藍色。唐草万字繋ぎ空押し模様。

匡郭、中巻（二十・一×十五・一）、下巻（十九・八×十五・一）。

題簽、中下巻共に表紙左方に重郭付き元題簽を貼付。共に最上部に一字枠囲みで「ゑ」入」と横書。界線を置いて「あいご物語（中）下」と太字であり（中巻は下部破れで「中」なし）、更に「さんわうの御ほんぢ」と右に脇書。上巻（十五・八（貼付跡を含む）×三・二）、下巻（十五・六×三・六）。

内題、あいご物語　中（下）。

刊記、中巻　本文最終行「中終」とやや大字である。板元名なし。
　下巻　同じく最終行に「靏屋喜右衛門」と、本文文字よりやや大字である。

板元、江戸の鶴屋喜右衛門。

丁数、中巻十丁半、下巻十二丁。

丁附、中巻　□、二・・・七、八九、十ノ十一、十二、十三（半丁）。
　下巻　一・・・七、八ノ九、十・・・十三。

行数、十二行。

字数、一行約二十二字－二十九字。

板心、やや上方に「あいこのわか中（下）」とあり、下方に丁附。

挿絵、中巻　六頁分（見開き一、片面四）

　二ウ－三オ、五オ、七オ、九オ、十ウ。

　下巻　十三頁分（見開き五、片面三）

　一ウ－二オ、四オ、五ウ－六オ、七オ、八ウ、九ウ－十オ、十ウ－十一オ、十一ウ－十二オ。

ところどころに、後人の手による彩色（弁柄、薄紅、刈安、灰青色）がみられる。

絵師、未詳。


本書は、上巻を欠くが、万治頃の説経正本に依拠して、江戸の鶴屋喜右衛門から板行された絵入草子本である。大本仕立てで、元は三巻（三冊）から成る。本文は、正本の段数表示や説経特有の口吻を取り除き、適宜加除変更もみられるが、概ね説経正本を忠実に草子化したものといってよいであろう。

説経「あいごの若」の万治の正本には、『説経正本集』第二（角川書店、一九六八年）、二十一番の「万治四年正月吉日　山本九兵衛板」（慶應義塾大学蔵、赤木文庫旧蔵）が知られる他、これまで未紹介の平幡照政氏蔵の絵入十六行二十丁本（冒頭・巻末を含め五丁程度を欠く。本来二十五丁本カ）がある。板元は不明であるが、江戸板である。

この万治板二種は、共に六段構成で段別箇所に違いもない。本文には小異が散見されるが、これとてもほぼ同文といってよい。どちらかがどちらかに拠ったと思える程の近さにあるが、詳細に対比すると、実は別系統にたつ。結論から述べれば、僅かに遡る時期の先行本から共々出ているのであろう。「ふし」「ことば」「三重（キリ）」等の節譜の有無相違をはじめ、両本の本文異同箇所をみると、実はそのいずれか一本の本文が、後の寛文初年板（『説経正本集』第二、二十一番参照本。大東急記念文庫本他、国立国会図書館・慶應義塾大学に同板）や「宝永五年正月吉日　鱗形屋三左衛門板」（『説経正本集』第二、二十二番。国立国会図書館蔵）と一致をみるところがかなりある。つまり、万治の両本は、寛文板や宝永板を含めて、同一本文群を形成するその先頭本に依拠しているのである。しかもその祖本が六段の「説経浄瑠璃」本であることも間違いない。この六段形式の「説経浄瑠璃」本は万治二年以降にみられるものである。『松平大和守日記』万治四年二月十三日条の草子列に「あいこの若」を見出せるが、それは万治二年頃以降の六段から成る「説経浄瑠璃」正本を挙げているのであろう。現在のところ、古説経ともいうべき三巻形式の「あいごの若」の存在は確認できない。「松浦長者」を例に述べたように（『説経―人は神仏に何を託そうとするのか―』和泉書院、二〇一七年所収、阪口「説経正本「松浦長者」の成立」参照）、「あいごの若」も万治以降に語り出された比較的新しい説経と見るのが妥当であろう。この作品に明暦を遡る一段古い正本は存在しなかったと思量する。

　草子本本文は、したがって想定祖本をも含めて万治板のいずれかに依拠していると思われるが、その確認のために、まず説経諸本の本文関係の具体相を眺めておきたい。比叡山中をさ迷った愛護の若が、田畑の介兄弟から粟飯の施しを受ける件りである。三本の対照で示す。

㊥三日のくれ方　に。しがのとうげに出給ひ　きのねをまくら。こけをご
㊄三日のくれがたに　しかのとうげに出給ひ　きのねをまくら　こけをご
㊪三日のくれ方　に　しがのたうげに出給い　木のねを枕　　こけをご

㊥ざいわをびやうぶと。被成　せんごもしらずふし給ふ。心の内こそ
㊄ざ　　　とさだめ　ぜんごもしらずふし給ふ　心の内こそ
㊪ざいわをびやうぶとなされつゝ、　ぜんこもしらずふし給ふ

(平)あはれ也
(万)あはれ也
(宝)

(平)是は扨　置。　あはずの庄　にはたの介か兄弟　都へしやうばいに上
(万)是は扨　をき　あわつのせうにはたのすけ兄弟が都へせうばい　にのほ
(宝)是はさてをき　あはづのせうたはたの介　兄弟か都へ　　　　上

(平)るとて。此若君を見参　らせまよいへんけの者　か。なのれ〳〵と申け
(万)るとて　此若君を見まいらせまよいへんげのものか　なのれ〳〵と申け
(宝)るとて　此若君を見参　らせまよひへんげのものか　なのれ〳〵と申け

(平)る
(万)る
(宝)る

（注、(平)＝平幡本　(万)＝万治四年板　(宝)＝宝永五年板を示す）

諸本本文の近さは右の通りである。万治四年板はこの引用文直前で落丁があり、『説経正本集』では、古梓堂文庫（大東急記念文庫）本で補われているが、その措置で基本的に問題がないことも右の状況から明らかであろう。その上で、対応する草子本文を挙げる。草子本は、この直前から下巻が始まる。参考までに、その冒頭から記す。

（下巻）去るほどにあいごの若。山みちにふみまよひ。ゆきてはかへりかへりては行。しづがおだまききくりかへし。めしたるきぬはいばらかれきに引かけておどろのごとくみえ給ふ。山ぢに三日まよはるゝ。三日めのくれがたに。しかのたうげに出給ひ。木のねをまくら。こけをむしろいはほをひやうぶとし給ひてぜんごもしらずふし給ふ。心のうちこそあはれなれ。

これはさてをきあはづのせうに。はたの介がきやうだいは。都へしやうばいにのぼるとて。此わか君を見まいらせ。まよひのものかけしやうのものか。なのれ〳〵と申ける。

右の説経三本と草子本との対照一覧からは、平幡本と草子本が最も近い関係に見えるが、他の箇所では、万治四年板が宝永板とも一致をみせつつ、草子本に近いところも随所に指摘できる。やはり、既にのべたように、万治の両本の先行本と草子本との関係を想定すべきなのであろうが、右引用箇所で注意されるのが、傍線部分の「に（た）はたの介がきやうだい（兄弟）」という呼名である。この兄弟の名は「田畑の介」である。宝永板にあるのが正しく、実際、万治の説経諸本も草子本も他の個所にはそのようにある。草子本の特徴として、固有名詞等を何故か意識的に、「くらんど―きよひら」「あいご―われ、若君」「わらは―みづから」「大王―おうぐう」「けいぼ―ま丶母」のように置き換える傾向が顕著であるが、「田畑の介」に関しては、句切り点（「。」）から見て、「粟津の庄」に、「はたの介」がいるという文意となる。万治の両本も共にその解釈を採っているかの如くである。ということは万治両本の先行本にそのようにあり、草子本は、その誤りを踏襲したということであろう。草子本の区切り点は、注意を喚起しようとしたのか、無頓着な踏襲の結果であるのかは定かではないが、誤りに気付いた宝永板は、そこを正しく直したたと思量する。

しかしながら、平幡本や草子本の出現は、説経正本「あいごの若」の成立時期やその折の説経本文にも一定の見通しを与えてくれた。右で問題にした「田畑の介」は、早くから折口信夫氏らに指摘（『古代研究』大岡山書店、一九二九年他）があるように、日吉山王ゆかりの膳所田畑社に関連付けられた人物である。その名を「せんぢよ」とするのも「膳所（ぜぜ）」を音読みしたものかもしれない。田畑の介が、愛護に柏の葉に包んで粟の飯を献上したのも、山王祭船渡御で御旅所粟津から献上する神事に拠るものであるが、この粟飯について、平幡本では次のようにある。

若君御らんし、いかに人〳〵なをば何と申ぞや、せんちよ承り、是はきよすのはん共申也、けらうのことはにはあはひ共申也、若君聞召、何にてもあらはあれ、今の心ざしせう〳〵せ、まてわすれかたくおぼし召、あはつ川にながさる、

右傍線部「けらうのことはにはあはひ共申也」は平幡本にのみある。この一文で、続く「何にてもあらはあれ」の意味が生きる。しかし、これを平幡本が増補したとは、他の本文箇所の有りようからは考えにくい。おそらく万治祖本にあったものを、万治四年板も草子本も捨てたのであろう。しかし、その後、松に宣命を含める場所を、諸本、志賀の峠とするのに対し、草子本のみ「しがのうみべ」として、唐崎の松との整合性をみせる。固有名詞の置き換えと同様、意識的な変改であり、挿絵にもそれが表れている。このように、子細にみれば長所短所併せ持つ諸本であるが、全体としては述べたように万治二年以降に始まる同一本文群を形成していると総括できよう。その意味で、新たな二本の出現の意義は大きい。

ところが、この諸本関係で注目すべきなのが挿絵である。本文が同文と見做し得る平幡本と万治四年板との絵柄が全く異なるのである。一方、草子本との関係でいうと、確かに、両者には参照関係を見てとれる図柄もあるが、平幡本は全く図柄が異なる。万治四年板には明確に対応関係が辿れるのに対して、草子本は上巻を欠くため、この上巻に相当する挿絵を除けば、それ以外の万治四年板の挿絵全てが、草子本に認められる。無論、挿絵数は草子本が相当に多く、重なりをもたぬ挿絵に別途依拠するものがあるのかどうかは定かでないが、今、その関係を示せば、次の通りである。万治四年板の挿絵丁を示し、その下に草子本の対応挿絵丁を〔　〕内に記した。

二ウ－三オ、五ウ－六オ、八オ（以上、草子本上巻相当）、

十オ〔中七オ〕、十二オ〔下七オ〕、十四ウ－十五オ〔下九ウ－十オ〕、

十五ウ〔下十ウ〕－（この間挿絵一丁分欠）－十六オ〔下十二オ〕。

万治四年板の挿絵は、このように全て草子本に含まれている。おそらく現存不明の草子本上巻にも、万治四年板の右に上げた「二ウ－三オ、五ウ－六オ、八オ」の見開き二図、片面一図の全てが含まれているのであろう。また、右の傍線部分では、万治四年板は挿絵一丁分を欠くが、この部分、草子本は山王祭の祭礼行列と唐崎での湖上神輿渡御の様相が連続図としてある。本来、絵巻としてあったものを見開き三丁の連続図にしたものであるが、万治四年板もここに同じ連続図があったはずである。欠丁部分がこれで判明する。こうした挿絵の有り様は、古浄瑠璃正本『あつた大明神の御本地』（寛文五年初夏、通油町ます屋板）や『きおんの本地』（寛文頃、江戸本問屋板）等にも見られるものである。いずれも祭礼絵巻に拠ったもので、『きおんの本地』は明暦頃の江戸の草子本に依拠している。『あつた大明神の御本地』も江戸板である。しかし、『あいごの若』は上方の説経正本が先行し、これを江戸で鶴屋が草子本に取り込んでいる。ただし、覆刻ではなく、江戸の絵師らの手に成る正本模刻図である。おそらく万治祖本にも同様の図があり、鶴屋はそれを元に新たな挿絵も増補し、草子本としたのであろう。一方、平幡本は上方正本（万治祖本）を逸早く江戸に取り込み、本文はほぼそのままを踏襲、挿絵は参照しながらも趣きを一新させた。勿論、画家は江戸の人である。しかし、その正本の語り手は、万治四年板と同様に明らかでない。

○

説経の草子本は、これまで『さんせう太夫物語』と『おぐり物語』の次の二種が知られる。

・『さんせう太夫物語』上・阪口蔵、中下・大阪大学赤木文庫蔵。
・『おぐり物語』中下・赤木文庫旧蔵。

いずれも寛文から延宝初年かけての頃に江戸の鶴屋喜右衛門から刊行されている。

このうち、『さんせう太夫物語』は、本文を寛永頃の説経与七郎正本あたりから採っているが、挿絵は、万治か寛文初年頃の説経正本『さんせう太夫』（大阪府立中之島図書館・東京大学総合図書館蔵。共に零本）に依拠している。いずれも京都板である。そして、『おぐり物語』もまた、万治頃の京都板の説経正本に、こちらは本文も挿絵も拠っている。『説経正本集』第一、第二の附録解題（横山重・信多純一氏）に詳述を見る通りである。ただ、『さんせう太夫物語』も『おぐり物語』も、依拠本たる説経正本自体の特定にやや不安が残ったり、特定できてもその現存正本本文には不安定さがみられるという問題点がないわけではない。前者でいえば、本文の依拠本に近いと想定される説経与七郎正本は欠落が目立つ。そうした場合に、草子本が、当該説経正本の本文復原へむけて有力な手がかりになるということである。ただし、説経特有の口吻の削ぎ落としなどもあり、特に本地語りの冒頭部分などでは草子本独自の改変もみられるから、これをもう一度説経正本本文に戻すには、本文操作には慎重さが求められる。その上で、新日本古典文学大系『古浄瑠璃　説経集』（岩波書店、一九九九年）の「さんせう太夫」では、冒頭本文の復原案を示した。資料的限界もあり、なお十分でないが、草子本の出現で復原への確かな手がかりが得られたことは間違いない。

その草子本に、今、新たに『あいご物語』を加えることができた。しかるに、この三本を見渡した時、実に興味深い事実に気付く。最後に、その点について触れておきたい。

三本は、いずれも本来は上中下の大本三冊から成る。依拠する説経正本の違いから、本文には自ずと長短があるが、本文行数（十四行と十二行）や挿絵数を適宜按配して、三本共にほぼ同様の仕様になっている。

この点は表紙からも明らかである。痛みの進んでいるものもあるが、いずれも元は藍色表紙で、唐草と万字繋ぎの空押し模様をもつ。その左肩に重郭附の題簽（十五・六×三・三程度）があるが、その形式は『あいご物語』の書誌に記したように、最上部に一字ずつの枠囲みで、右から「ゑ」「入」と横書。界線を置いて、外題を大きく記し（『さんせう太夫物語』は「さんせう太夫」）、続けて「上・中・下」とある。一方で、『あいご物語』には脇書があり、『さんせう太夫物語』にはない。『おぐり物語』は、題簽の貼付跡が残るのみで、脇書の有無は不明なものの、その他はほぼ同形式であったものと推察する。

内題や巻末形式もほぼ同じで、最終丁本文末に「鶴屋喜右衛門」の板元名のみを記すのも一致する。ただ句切点については、有る無しと分れ、白丸黒丸の違いも認められる。

この僅かな違いを除けば三本は全くの同体裁である。江戸の鶴屋喜右衛門が寛文の頃、上方の説経正本に拠って、同一の説経草子本シリーズとして板行し、売り出したものであろう。横山重氏が『さんせう太夫物語』中下巻を『説経正本集』の附録として収載するにあたって、「完本をさがし得ずして二十余年も経た今になつて、この零本（当時、上巻未発見）を、しかも江戸板の草子を、ここに附載せねばならぬ理由は、それなりの事情がある」としみじみ述懐されているが、『おぐり物語』も『あいご物語』もまだ上巻は知られない。発見には、時日と努力と縁が必要である。そう考えると、江戸の鶴屋からは、この時期、三本以外にも別の説経草子本が同一シリーズとして板行をみていた可能性も浮上するのである。むろん、どこまでも一つの想定に過ぎないが、説経が読み物としても大いに人気を集めていたということまでは確かにいえよう。

『つほさかのさうし』

阪口弘之

阪口弘之蔵

つほさかのさうし

装幀、写本一冊。四半本。二十五・一×十九・五。

表紙、藍色の覆い表紙。万字繋ぎに龍紋の空押し。元表紙は扉になっており、本文共紙。そこに、「つほさかのさうし」と直接墨書。

本文、内題はなく、冒頭から本文が始まる。

丁数、七丁。墨付き六丁半。

行数、九行。

奥書、なし。元の表紙見返しに「此本もちぬし」岡田涼月」、裏表紙に、「しがまち」岡田氏」とある。

備考、本書は、説経浄瑠璃『まつら長者』に関わる草子で、諸本群の中では極略本系に位置づけられる。主人公の姫君や人買い商人の名も記されない極めて短い草子であるが、説経浄瑠璃と同じ物語展開をもつ。人身売買を主題とするが、その哀れさというよりも、法華経功徳を讃嘆して、女人往生を説き、壺坂や竹生島の縁起として結ばれている。諸本群の中で、唯一の未翻刻本（吉田幸一氏旧蔵カ）でもあり、ここに紹介した。なお、説経浄瑠璃は広本系に属し、その成立については、別稿「説経正本「松浦長者」の成立」（『説経―人は神仏に何を託そうとするのか―』和泉書院、二〇一七年）に詳述したので、そちらを参照されたい。

図版篇

『〔くまの〕本地』

表表紙

第一図

第二図

第三図

第四図

第五図

第六図

第七図

第八図

第九図

第十図

第十一図

第十二図

第十三図

第十四図

第十五図

第十六図

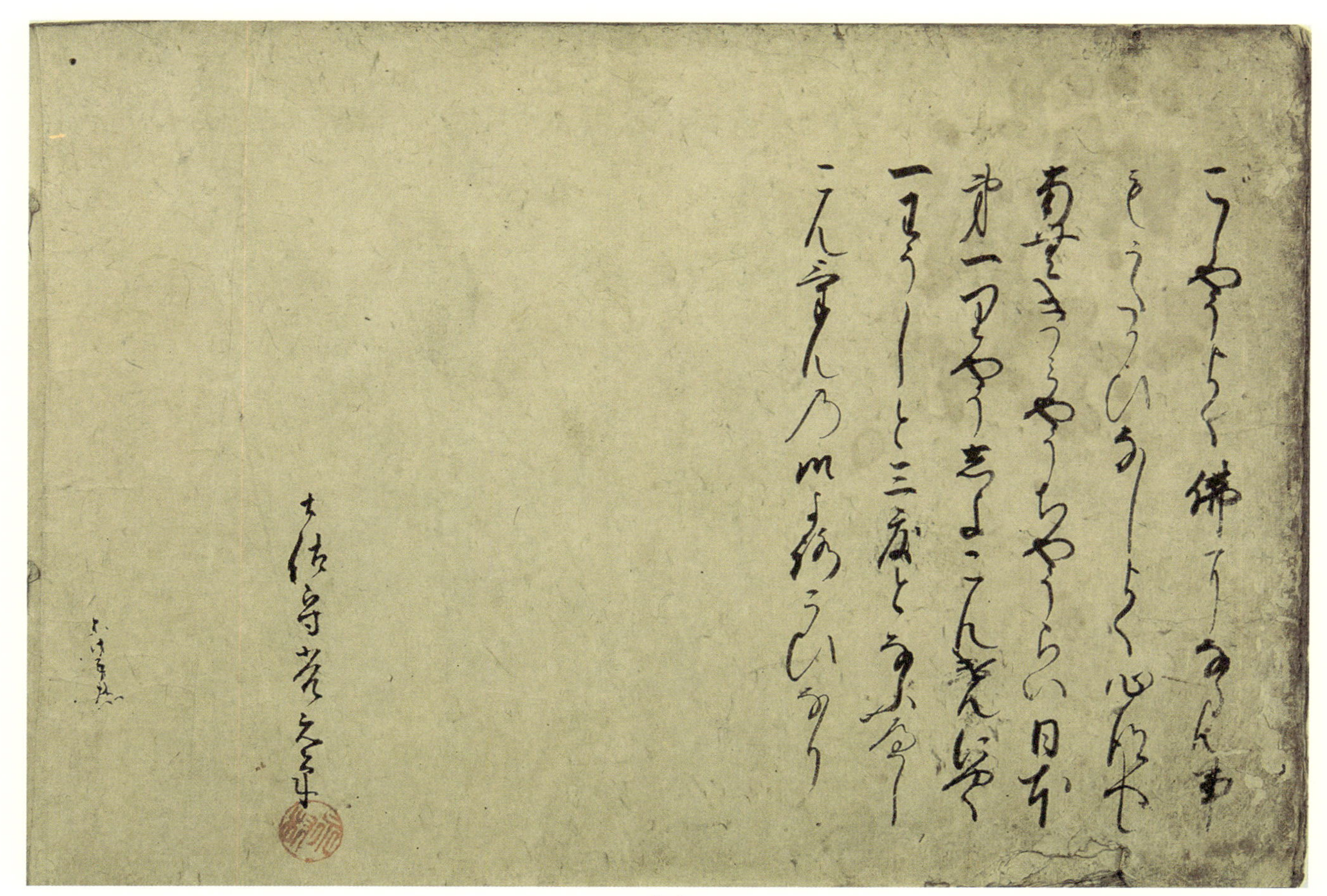

奥書

109　『〔くまの、本地〕』

裏表紙

『ほうめうとうし』

［第一冊］表表紙

［第一冊］第一図

［第一冊］第二図

［第一冊］第三図

［第一冊］第四図

［第一冊］第五図

［第一冊］ 第六図

［第一冊］裏表紙

［第二冊］表表紙

［第二冊］第一図

［第二冊］第二図

［第二冊］第三図

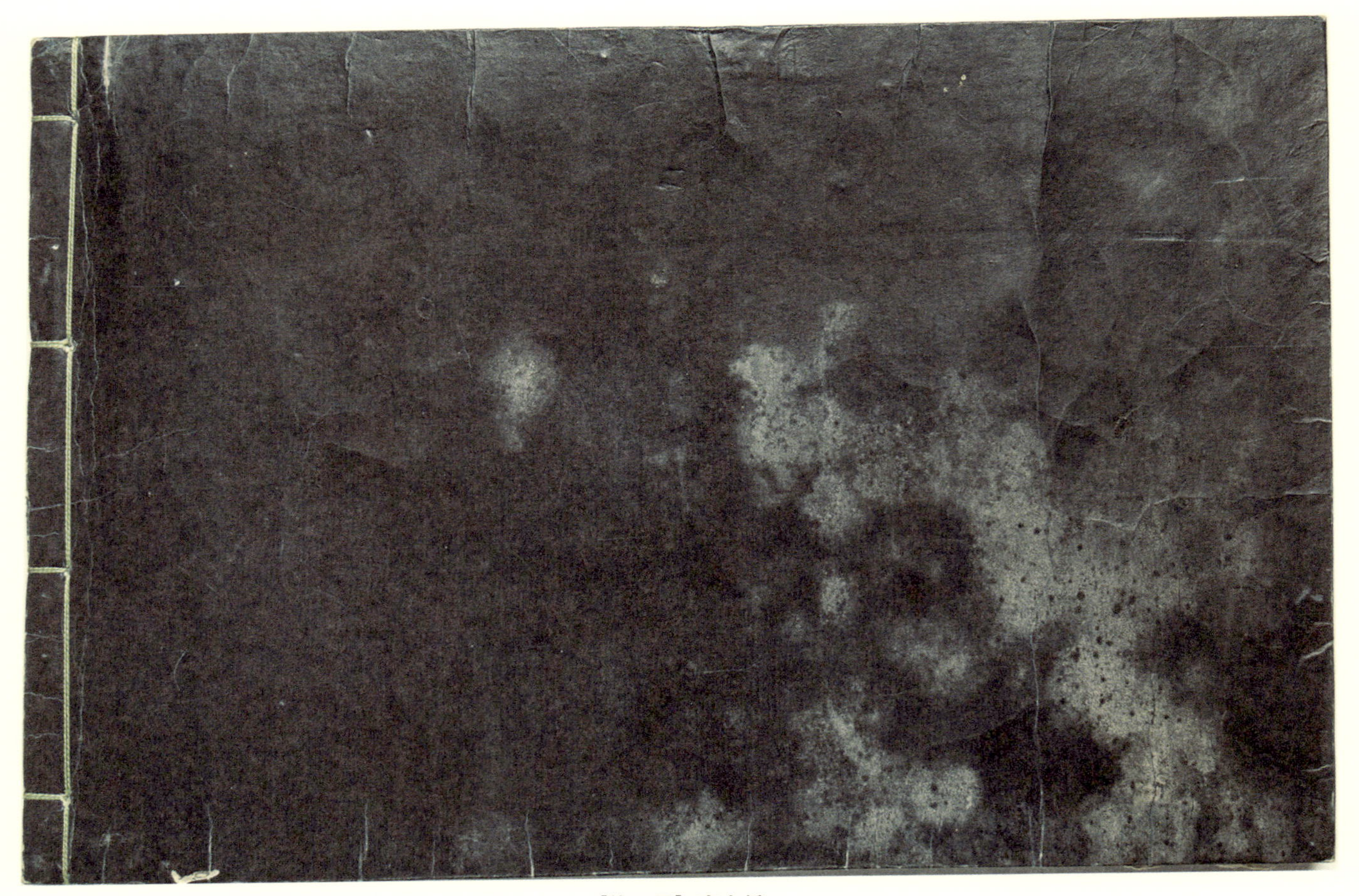

［第二冊］裏表紙

［第三冊］表表紙

［第三冊］ 第一図

［第三冊］第二図

［第三冊］ 第三図

［第三冊］第四図

［第三冊］第五図

［第三冊］裏表紙

『あいご物語』

中　表表紙

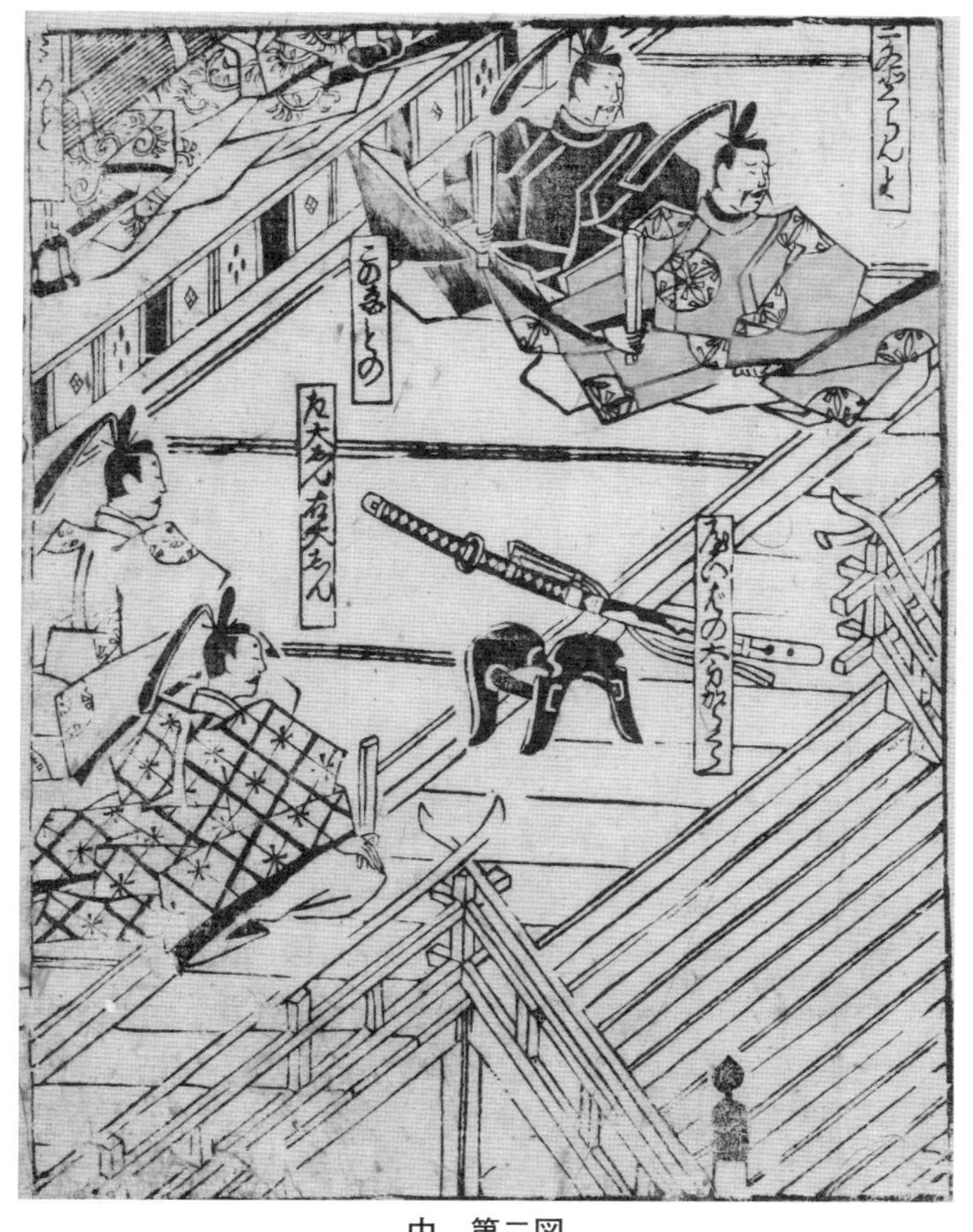

中　第二図

中　第一図

中　第三図

中　第四図

中　第五図

中　第六図

下　第一図

下　表表紙

下　第三図

下　第二図

下　第五図

下　第四図

下　第六図

下　第七図

下　第八図

下　第九図

下　第十一図

下　第十図

下　第十二図

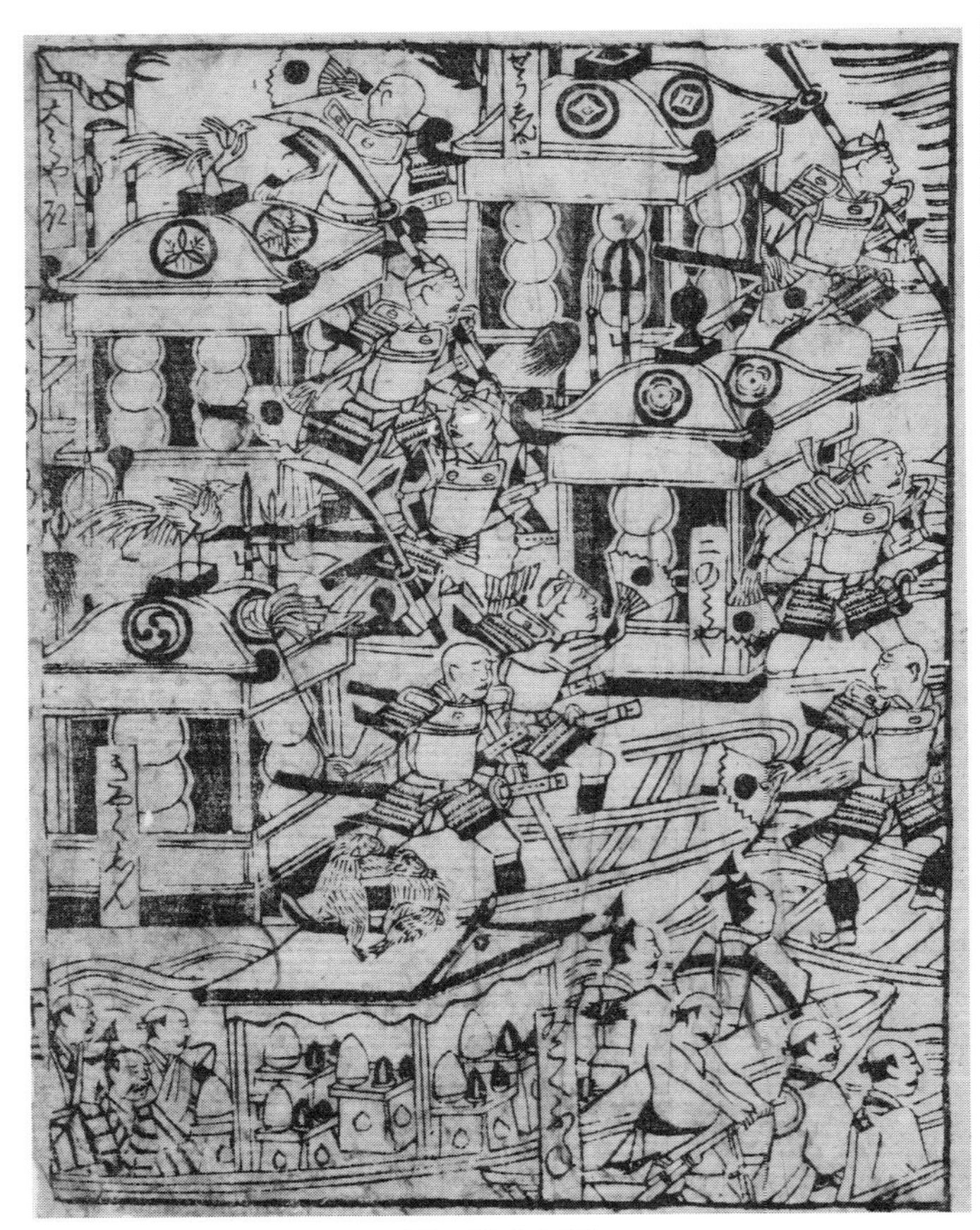

下　第十三図

『つほさかのさうし』

表表紙（後補）

扉　　見返し

147　『つほさかのさうし』

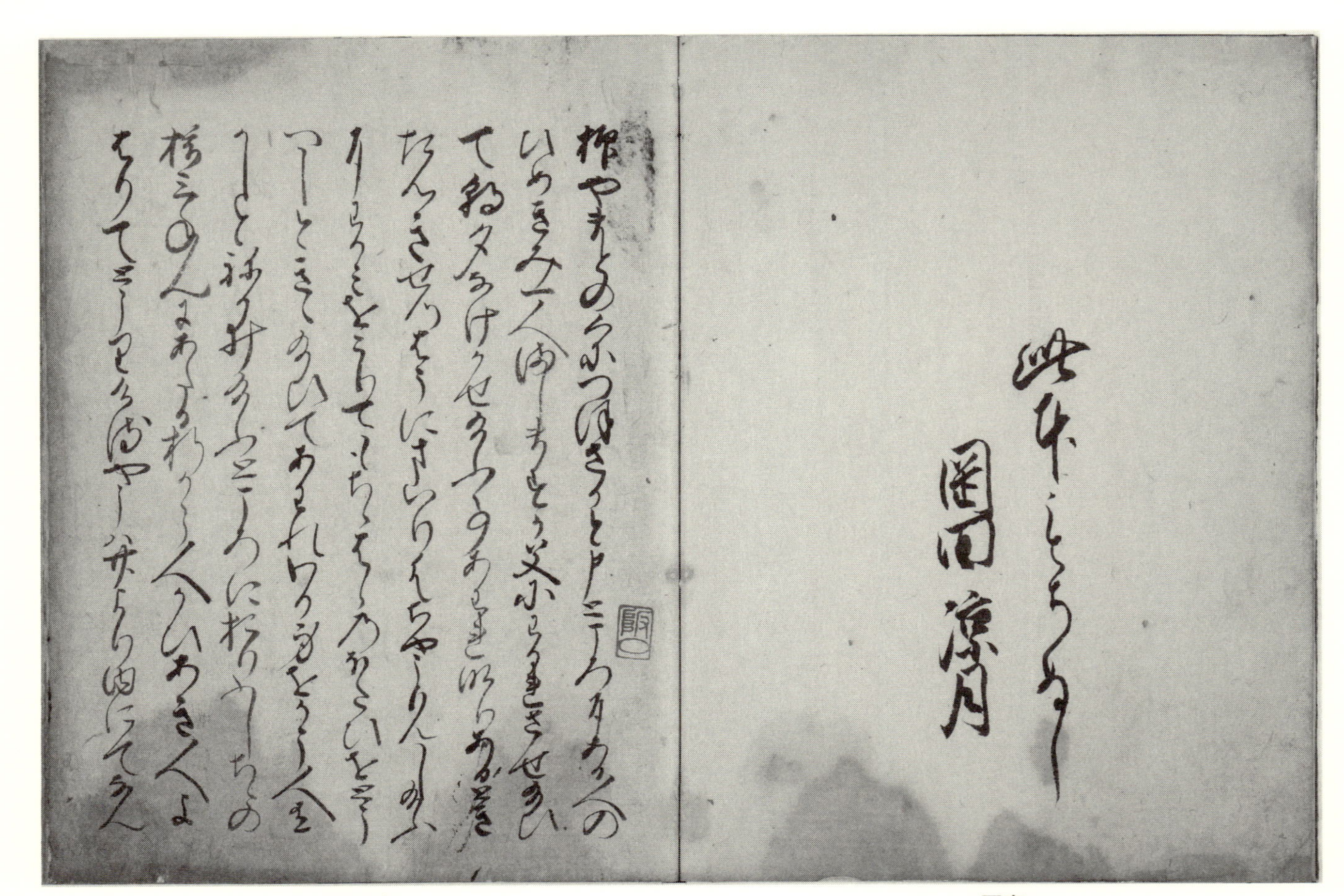

初丁表　　　　扉裏

執筆者一覧

ベルント・ヨハン・イェッセ　フランクフルト大学講師

ジョン・シュミットヴァイガント　日本文学研究者

阪口　弘之　大阪市立大学・神戸女子大学名誉教授、
神戸女子大学古典芸能研究センター特別客員研究員

神戸女子大学古典芸能研究センター研究資料集　刊行のことば

研究の基礎はしっかりした資料にある。それを共有できるものにして、広く研究に活用していくことによって、私たちの生活を潤いのある豊かなものにしていく道が開けてくる。そのような考えのもとに、神戸女子大学古典芸能研究センターは、能楽資料の収集から出発して、中世芸能・近世芸能・民俗芸能の三分野にわたって、特色のあるコレクションを形成してきた。

古典芸能の横断的・総合的研究拠点となることを目ざして活動を進めている今、すでに刊行を開始している「神戸女子大学古典芸能研究センター叢書」に加えて、このたびわれわれは「神戸女子大学古典芸能研究センター研究資料集」の刊行を始めることにした。実証的な資料研究に軸を置きながら、開港地神戸にふさわしい開かれた発想にもとづく研究を展開していくうえで、研究のもとになる資料そのものを活用しやすい形で公けのものにしていくことが重要と考えたからである。

資料の形態と目ざす活用の方向によって、判型や体裁を柔軟に工夫し、学術的でありつつも親しみやすい資料集として読者に迎えられるよう、そのたびごとに新たなチャレンジを試みていきたい。資料との新たな対話の空間が開かれることを、そして古典が現代の生活に活かされていくことを切に願っている。

二〇一八年三月　　神戸女子大学古典芸能研究センター

神戸女子大学古典芸能研究センター編
神戸女子大学古典芸能研究センター研究資料集 1

説経稀本集

2018年 3 月30日初版第 1 刷発行（検印省略）

編集担当　井上勝志
発 行 者　廣橋研三
発 行 所　有限会社和泉書院　〒543-0037　大阪市天王寺区上之宮町7-6　電話 06-6771-1467　振替 00970-8-15043
印刷・製本　亜細亜印刷

ISBN978-4-7576-0873-3　C3395

神戸女子大学古典芸能研究センター 編

近松再発見 華やぎと哀しみ

978-4-7576-0572-5

A5上製カバー装・口絵8頁・360頁
本体3500円＋税

「金子一高日記」を初めとする近年相次いだ重要資料の出現に伴い、作者近松のイメージは遥かに豊かなものになりつつある。本書は近松の人となりと作品の魅力を、『浄瑠璃御前物語』から今日の文楽・歌舞伎までを視座に収め、今一度、問い直すものである。

食満南北著『大阪藝談』

978-4-7576-0794-1

四六上製カバー装・口絵4頁・402頁
本体3200円＋税

本書は、七十年ぶりに出現した大阪の文化芸談である。著者は食満南北。名著『作者部屋から』『大阪の鴈治郎』等と一体的に構想され、内容は歌舞伎、文楽、落語、花街の踊、上方舞、俄等に亘る名優、名人の逸話録。大阪が誇るべき世紀の稀書。

説経 人は神仏に何を託そうとするのか

978-4-7576-0831-3

A5上製カバー装・口絵2頁・384頁
本体4500円＋税

闇夜を行く境涯にも、やがて一条の光明が訪れる。「救い救われる」説経の物語は日本人の心情を捉えて離さない。その説経の魅力を生成論の立場から、国文学・歴史学・民俗学・宗教学など多方面の最高の知見を結集し、研究水準を別次元に押し上げた画期的な研究書。